Pentabyte

Ein ganz besonderer Dank geht an meine
Tochter Lisa, die u. a. das Cover des
Buchs für mich designt hat.

Axel Radmer

Das Phantom

Krimi

Pentabyte

Inhalt

KAPITEL 1
Ankommen

Der Bus bog auf den Busbahnhof ein und hielt mit quietschenden Reifen an der Haltestelle. Die stickige Luft im Bus machte Claire zu schaffen. Die Türen öffneten sich und der nette Mann, der ihr schon beim Einsteigen behilflich war, wuchtete die beiden Koffer auf den Fußweg. Claire bedankte sich bei dem Mann und schenkte ihm ein Lächeln. Sie ging einige Schritte auf den großen Vorplatz zu, stellte die Koffer neben sich und atmete tief durch.

Bis hierhin hatte sie es also geschafft. Heute Morgen war Claire in Nantes in den TGV gestiegen. Am Bahnhof nahm sie dann den Bus. Sie hätte auch in die Metro steigen können, aber Claire wollte die Umgebung auf sich wirken lassen. Das tat sie immer, wenn sie in eine neue Stadt kam. Claire beobachtete gern die Umgebung und im Besonderen die Menschen.

Diesen Moment hatte sie herbeigesehnt. Claire hoffte, ihre Vergangenheit hier in Paris endlich hinter sich zu lassen. Zum einen konnte sie so ihrem Ex aus dem Weg gehen. Der ging ihr ziemlich auf den *'Zeiger'*, hatte er sie doch heftig gestalkt, nachdem sie sich von ihm getrennt hatte. Aber der eigentliche Grund war die Sache mit ihrer besten Freundin Penelope. Das belastete Claire sehr. Sie konnte keinen klaren Gedanken mehr fassen. Es wurde sogar so heftig, dass sie sich psychologische Hilfe holen musste. Ihre Psychologin hatte ihr während der vorletzten Sitzung zu einem *'Tapetenwechsel'* geraten, um etwas Abstand zum Geschehenen zu bekommen. Ihr Vater war der gleichen Meinung, nur ihre Mutter wollte sie nicht gehen lassen.

Claire hatte weiche Knie, Sie fühlte sich frei, aber auch sehr einsam. Sie schaute sich um. Hinter ihr der Busbahnhof, vor ihr der große Platz mit den vielen Menschen. Ihr Gehirn sammelte schon wieder Bilder und speicherte diese. So - wie bei fast allen Gelegenheiten. Claire hatte ein fotografisches Gedächtnis. Viele Menschen beneideten sie um diese Fähigkeit. Ja - bei den Vorlesungen war ihr Gedächtnis von Vorteil. Sie musste nicht groß für Klausuren lernen. Sie konnte sich alles merken, was die Professoren an die Tafeln geschrieben hatten. Die anderen behalfen sich da mit Handyfotos. Aber Claire hatte schreckliche Bilder gesehen, die sich in ihr Gedächtnis eingebrannt hatten. Da war so eine Fähigkeit von Nachteil.

Da stand Claire nun in ihrem schicken Kleid. Ihre langen, dunkelbraunen Haare hatte sie mit einem Pferdeschwanz gebändigt. Da musste sie 20 Jahre alt werden, um in die *‚große weite Welt'* zu ziehen. Ihre strahlend blauen Augen schauten sich um. Dort drüben stand ein Paar an der Mauer und küsste sich. Einige Liebespaare flanierten händchenhaltend über den Platz. Ein junger Mann ging Hand in Hand mit seiner Freundin an Claire vorbei und drehte sich mit großen Augen und offenem Mund zu Claire um. Seine Freundin reagierte daraufhin mit einem giftigen Blick und einem Stoß ihres Ellenbogens in seine Rippen. Claire musste schmunzeln. Paris - die Stadt der

Liebe.

Das sich viele Männer und auch einige Frauen nach ihr umschauten, daran hatte sie sich gewöhnt. Sie war nicht einfach nur hübsch, sondern eine ausgesprochene Schönheit, mit einer femininen Ausstrahlung.

Jetzt musste sie nur noch die Straße mit der Wohnung finden, in der ein Zimmer für sie frei war. Ihre Uhr auf dem Handy gab ihr bis dahin aber noch eine Stunde Zeit.

Dann sah sie das kleine Café und schob ihre schweren Koffer geradewegs darauf zu. Für einen Kaffee war noch Zeit genug. Alle Plätze waren besetzt - nein, ein Platz war noch frei. Die junge Frau, mit den langen blonden lockigen Haaren, die dort am Tisch saß, sah sehr nett aus. Claire sprach sie an: „Ist der Platz noch frei?" „Ja, setz Dich. Ich bin Julie." „Claire" erwiderte sie. Sie stellte ihre Koffer beiseite, setzte sich und blätterte in der Getränkekarte. „Kannst Du hier etwas empfehlen, Julie?" „Einen Milchkaffee. Oder den Cappuccino. Der ist besonders lecker."

Claire bestellte sich einen Cappuccino bei der Bedienung.

„Du bist neu in der Stadt?“ „Ja. Ich will hier studieren.“ sagte Claire. „Hast Du schon eine Wohnung?“ fragte sie Julie. „Ja, in der Rue Paul Barruel. Dort wartet eine Ines auf mich. Ich hatte vor zwei Wochen mit ihr telefoniert.“ sprudelte es aus Claire heraus. Sie probierte den Cappuccino, den ihr die Bedienung gerade gebracht hat. Julie hatte nicht zu viel versprochen, der war wirklich lecker. „Kannst Du mir sagen, wo die Straße ist?“ Julie sagte: „Ich bringe Dich hin, das liegt auf meinem Weg.“ „Danke!“ Claire war erleichtert.

Später zahlten sie ihre Getränke und machten sich auf den Weg. „Ist nicht weit. Höchstens fünf Minuten von hier.“ erklärte Julie und übernahm einer der beiden Koffer von Claire.

Paris war doch irgendwie anders als Nantes. Die Autofahrer waren hier viel lauter. Ständig hörte man das drängelnde Hupen. Ganz anders, als sich Claire das vorgestellt hatte. „Hier ist es ja richtig wuselig Julie." „Ja, Du musst hier höllisch aufpassen, wenn Du nicht unter die Räder kommen willst, Claire. So, da wären wir."

Sie standen vor einem dieser neuen Hochhäuser. „Die Wohnung ist ganz oben - aber keine Angst, es gibt einen Fahrstuhl." Claire war froh, die beiden schweren Koffer nicht nach oben schleppen zu müssen. „Wohnst Du auch hier im Haus?" fragte Claire, als ihr Julie folgte. „Ja. Ich bin eine Deiner Mitbewohnerinnen". Oben angekommen, schloss Julie die Tür auf und sie gingen in die großzügig geschnittene Wohnung.

Plötzlich schoss eine junge Frau mit ihrem Handy am Ohr an ihnen vorbei und rief ihnen zu: „Keine Zeit Julie, zeig Du ihr das Zimmer." Julie verdrehte die Augen. „Das ist Ines. Du hast mit ihr wegen der Wohnung telefoniert. Wahrscheinlich hat sie mal wieder Stress mit ihrem Freund. Dann sollte man ihr aus dem Weg gehen."

„Komm, wir schauen uns jetzt dein Zimmer an. Lass die Koffer da stehen." Claire folgte ihr. Sie gingen durch den Flur und standen vor der

Zimmertür. Julie öffnete die Tür und sagte: „Hereinspaziert." Claire betrat den Raum und schaute sich mit großen Augen um. Sie stand in einem riesigen Zimmer. Auf der einen Seite stand ein großes Boxspring-Bett, auf der anderen eine Sitzecke mit Sofa, Sessel und Couchtisch. Ein großer Schreibtisch und ein Flachbild-Fernseher rundeten das Ganze ab. Bodentiefe Fenster tauchten das Zimmer in ein helles Licht. „Komm, ich zeige dir den Rest." winkte Julie Claire herbei. „Hier ist dein Bad und da ist das Ankleidezimmer. Na, wie findest du es?" fragte Julie neugierig.

Claire war sprachlos. Alles, was sie erwidern konnte, war: „Das ... das kann ich mir nicht leisten. Ines hatte etwas von 250 Euro Miete im Monat gesprochen." „Ja. Das ist richtig." Ines stand in der Tür und grinste über das ganze Gesicht. „Das Zimmer kostet 250 Euro. Mehr darf ich nicht nehmen, haben meine Eltern gesagt."

Claire begriff noch immer nicht. Das hatte Ines wohl in ihrem Blick gesehen, denn sie holte etwas weiter aus: „Meine Eltern haben mir diese Wohnung überlassen, damit ich in Paris studieren kann. Ich darf an zwei Mitbewohner untervermieten, aber nicht mehr als 250 Euro für das Zimmer verlangen. Von dem Geld leiste ich mir eine Putzfrau für die Wohnung. Du hast also auch etwas von dem Geld. Was ist Claire, willst Du das Zimmer nun?“ Ines zwinkerte Claire zu. „Ja. Ja, ich nehme es.“ Claire konnte ihr Glück kaum fassen.

„Und? Was ist mit Deinem Anruf?“ bohrte Julie. Ines winkte ab und wetterte: „Mistkerl. Der kann mir gestohlen bleiben. Ein Sprichwort sagt: Pech in der Liebe, Glück im Spiel. Ich sollte am Wochenende ein Lotterielos kaufen. Da habe ich bestimmt mehr Glück.“

„Na, los Claire. Pack Deine Sachen aus. Ich habe uns eine Flasche Wein kaltgestellt. Dann kannst Du uns ein bisschen von Dir erzählen.“ Ines drehte sich um und verschwand durch die Tür. Claire schaute fragend zu Julie herüber. „Ines ist immer so. Gerade heraus. Wenn man das erst einmal akzeptiert hat, dann kommt man ganz gut mit ihr aus.“ erklärte Julie. „Ich lass Dich erstmal allein. Dann kannst Du in Ruhe Deine Sachen einräumen."

Dann war Claire allein in ihrem Zimmer. Sie öffnete ihre Koffer und sortierte ihre Kleidung in das Ankleidezimmer ein. So eins hatte sie sich schon immer gewünscht. Auch mit dem Bad on Suite konnte sie sich gut anfreunden. Wer hatte während seines Studiums schon solch einen Luxus. Und das zu diesem Preis.

Claire fragte sich, ob das der Ausgleich für all die seelischen Schmerzen war, die sie in Nantes erleiden musste? Sie hielt inne und dachte an ihre beste Freundin, mit der sie nun nicht mehr zusammen sein konnte. Tränen liefen ihr über das Gesicht. Sie atmete tief durch, wischte sich über die Wangen und konzentrierte sich jetzt ganz auf das Badezimmer. In der nächsten Viertelstunde waren ihre Zahnbürste, Kosmetik, Haarföhn und die anderen Dinge - die Frau so braucht, im Bad verstaut und mehrfach umgeräumt. „Fertig." sagte Claire leise vor sich hin.

„Na, dann komm. Ich warte nicht gerne." Ines

stand in der Tür. „Der Wein wird warm und ich will endlich wissen, wer Du bist." „Schleichst Du Dich gerne an und erschreckst andere?" wollte Claire wissen. „Nee, nur wenn es mir wichtig ist." Ines grinste wieder übers ganze Gesicht.

Sie gingen ins Wohnzimmer. „Das ist ja so groß wie ein Ballsaal. Deine Eltern sind wohl sehr reich." platzte es aus Claire heraus. Ines schaute sie an und erwiderte darauf: „Ja, sie sind richtig reich. Ich könnte mir ein schönes Leben ohne Arbeit machen. Aber sie wollen, dass ich etwas Anständiges lerne, um nicht auf dumme Gedanken zu kommen. Setz Dich doch Claire."

Claire ließ sich in die eine Ecke der riesigen Couch fallen und sah sich um. Im Mittelpunkt des Wohnzimmers stand der große Kamin, dessen Feuerstelle von allen Seiten sichtbar war. Es schien, als würde er in der Luft schweben. Auf der anderen Seite des Kamins stand ein großer Esstisch mit 12 Stühlen. Etliche Stehlampen beleuchteten den Raum. Die Sitzlandschaft bestand aus drei Sofas, die in U-Form um den wuchtigen Couchtisch standen. An den Wänden hingen mehrere Bilder mit maritimen Motiven, die sehr wertvoll aussahen.

Ines schenkte den Weißwein ein und setzte sich wieder. Sie musterte Claire von oben bis unten. Claire fühlte sich deswegen ein wenig unwohl. Ines hob ihr Glas: „Herzlich Willkommen, Claire. Auf ein erfolgreiches Studium und gute Nachbarschaft.“ Sie stießen an und nahmen einen Schluck des trockenen Weißweins. „Komm, erzähl von Dir, Claire. Wer bist Du und wo kommst Du her?“

Claire überlegte, wie sie anfangen sollte: „Ich komme aus einem Vorort von Nantes und bin nach Paris gekommen, um hier Psychologie und Forensik zu studieren.“ „Nantes hat doch auch eine gute Uni. Warum studierst Du nicht dort?“ fragte Julie. „Das ist ´ne lange Geschichte. Darüber möchte ich heute noch nicht sprechen. Ist noch zu frisch.“ sagte Claire mit schwerer Stimme.

Sie wollte das mit ihrer besten Freundin nicht erzählen. Nicht jetzt. Claire wollte einfach zur

Ruhe kommen, nach all dem, was in den letzten Monaten auf sie eingeprasselt war. Gerade deshalb hatte sie diesen Weg gewählt, hatte alle Zelte in Nantes abgebrochen um nach Paris zu ziehen. Ihr Vater hatte vollstes Verständnis dafür, aber ihre Mutter war sauer, wegen Claires Entscheidung, wegzugehen. Sie wollte Claire bei sich haben. Aber ihre Mutter und sie waren während dieser Zeit wie *‚Feuer und Wasser'*. Das Verhältnis war, nach der Sache mit Ihrer besten Freundin, gelinde ausgedrückt, problematisch. Claire musste etwas ändern. Und sie tat das - für sie - einzig richtige. Sie schrieb sich an der Uni in Paris ein.

Ines unterbrach die Stille. „Ist bestimmt wegen eines Mannes. Die machen immer Ärger." Claire war über den Einwand froh und fuhr fort. „Ja. So etwas in der Art. Mein Ex ging mir ziemlich auf die Nerven. Am Anfang war die Beziehung super, ich war richtig glücklich mit ihm, aber mit der Zeit wurde er eifersüchtig auf jeden der auch nur in meine Nähe kam. Ich habe mich dann von ihm getrennt. Seitdem hat er mich gestalkt." Das war das erste Mal, dass Claire das anderen Menschen erzählte.

„Hast Du deswegen eine Anzeige bei der Polizei gemacht?" fragte Julie sichtlich besorgt. „Ach die, die machen doch eh` nichts. Da muss immer erst was passieren. Und der Kommissar, der die Anzeige aufgenommen hat, war echt schräg drauf. Hatte gesagt, ihr Frauen seid doch selber schuld. Ein Kollege von ihm hatte sich danach für das Verhalten bei mir entschuldigt. Er sagte, der Kommissar ist, seitdem ihn seine Frau verlassen hat, richtig ungenießbar." Claire machte eine Pause. Sie merkte, dass es ihr schwerfiel, darüber zu sprechen. „Und? Weiter?" hakte Ines nach. „Nichts weiter." Claire wollte das mit ihrer Freundin noch nicht preisgeben. Die Wunden waren noch zu frisch. Ihre Augen wurden wieder feucht. Seitdem sie das mit ihrer Freundin erlebt hatte, war sie nahe am *‚Wasser'* gebaut.

„Und was ist mit Euch?" lenkte Claire das Gespräch in eine andere Richtung. Julie fing an: „Ich studiere auch Psychologie. Hab jetzt zwei Semester fertig. Ich komme aus Paris und hätte auch bei meinen Eltern leben können. Aber - die sind etwas schwierig. Ab und zu mal spät heimkommen würde meinen Vater verrückt machen, selbst wenn man volljährig ist. Wenn du etwas Abstand hast, dann sitzt nachts niemand auf der Treppe und du bekommst keine Standpauke. Durchs Studium komme ich ganz gut. Aber wenn Du auch Psychologie studierst, dann können wir ja zusammen lernen."

„Und Du, Ines?" „Ich? Ich studiere Medizin und komme jetzt ins 5. Semester. Das Studium ist schon recht sportlich. Hätte ich am Anfang nicht gedacht. Die Wohnung hier haben mir meine Eltern fürs Studium zur Verfügung gestellt. „Sind deine Eltern reich?" fragte Claire. „Ja, mein Vater hat ein gut laufendes Geschäft. Ich muss nichts dazu verdienen. Das hält mir den Rücken frei. Ich hätte auch in seiner Firma anfangen können. Das hätte er gerne gesehen. Aber - das war überhaupt nicht meins." Ines machte eine Pause.

„Am Samstag gibt es für die Erstsemester eine Veranstaltung, um die Uni kennenzulernen." unterbrach Julie die Pause. „Ich fange nicht im ersten Semester an, sondern im vierten." widersprach Claire. Sie hatte keine große Lust auf diese Art von Feier. Als sie in Nantes ihr Studium begonnen hatte, war sie bei einer solchen Fete heftig abgestürzt. Die oberen Semester hatten die Neuen richtig abgefüllt. Nein, das sollte ihr dieses Mal nicht passieren. „Du kommst ins vierte? Dann kannst Du mir ja noch einiges beibringen." Julie war richtig euphorisch.

„Julie und ich sind am Samstag auch bei der Feier und betreuen die Neuen." erklärte Ines. „Komm ruhig mit. Erstens lernst Du die Uni und die Profs kennen und zweitens - wir passen schon auf Dich auf. Kannst Dich auf uns verlassen, Claire." „Okay - abgemacht." Claire nahm ihr Glas in die Hand und nickte den beiden zu.

Die Kaminuhr machte sich bemerkbar. Claire schaute auf das Zifferblatt und erschrak. Es war 21 Uhr. Sie hatte gar nicht bemerkt, wie die Zeit verging. Heute Morgen war sie um sechs Uhr aufgestanden, um nach dem Frühstück mit dem Zug nach Paris zu fahren. Sie trank den Rest ihres

Weins aus, stand auf und sagte: „Ich gehe jetzt zu Bett, ich bin müde. Gute Nacht“. „Gute Nacht, Claire.“ „Frühstück ist um acht.“ bestimmte Ines. „Schlaf schön.“ „Ihr auch.“

Claire ging durch ihr Zimmer ins Bad und machte sich bettfertig. Als sie dann im Bett lag, schaute sie sich noch einmal um. Sie konnte es noch immer nicht fassen, dass sie so ein schönes Zimmer hatte. Sie schaltete ihr Handy aus und stellte den Wecker auf 7:30 Uhr. Dann drehte sie sich auf ihre Lieblingsseite und schlief fast augenblicklich ein.

Der Wecker riss Claire am nächsten Morgen aus einem Alptraum. Sie hatte von ihrer besten Freundin geträumt, so wie in den letzten Wochen auch. Sie setzte sich auf den Rand des Bettes, atmete tief durch und stand auf. Dann ging sie ins Bad und sprang unter die Dusche. Als sie fertig angezogen war, zeigte ihr Wecker 7.55 Uhr an.

Claire ging in die Küche. Julie war schon dort und bereitete das Frühstück vor. „Guten Morgen, Julie.“ „Guten Morgen, Claire. Hast Du gut geschlafen?“ „Das Bett ist super. Aber es verhindert leider keine Alpträume. Wie ist das eigentlich mit dem Frühstück? Gibt es da einen Plan wer wann dran ist?“ „Eine Plan haben wir nicht.“ Ines hatte sich wieder lautlos angeschlichen und machte sich gleich kraftvoll bemerkbar. „Julie ist bei uns der frühe Vogel und macht meistens Frühstück. Guten Morgen ihr beiden. Habt ihr gut geschlafen?“ „Ich schon.“ sagte Julie. „Ich hatte einen Alptraum.“ erklärte Claire. „Ja, das habe ich gehört. Unsere Zimmer liegen nebeneinander. Wer ... ist eigentlich Penelope?“ bohrte Ines.

Claire schluckte, als sie ihren Namen hörte. Auch hier wurde Claire von den Gedanken an ihre Freundin und das Geschehene in Nantes verfolgt. Sie sortierte ihre Gedanken und begann langsam zu erzählen. „Penelope war meine beste Freundin.“ „Und sie hat Dir den Freund ausgespannt?“ wollte Ines wissen. „Nein. Sie ist tot. Ermordet.“ Claire kämpfte mir den Tränen. Julie nahm sie in den Arm und tröstete sie. „Krass. Und wer wars?“ Ines war sehr neugierig. „Keine

Ahnung. Die Ermittlungen haben keine Spur ergeben. Die Polizei spricht von einem Phantom. Er hat drei junge Frauen umgebracht. Zuerst hat er sie bis zur Bewusstlosigkeit gewürgt, dann vergewaltigt und zum Schluss mit einem gezielten Stich in die Hauptschlagader getötet." Claire musste sich setzen. Ihre Knie zitterten. Die Erinnerung an Penelope war bei Claire immer noch sehr präsent und es schmerzte, darüber zu reden.

So richtig wollte den drei Frauen das Frühstück heute nicht schmecken. Ines und Julie gaben sich sehr viel Mühe, Claire wieder auf andere Gedanken zu bringen. „Ich habe da eine Idee! Bis Samstag sind es noch vier Tage. Wir zeigen Dir die Stadt, Claire." Julie war von ihrer Idee begeistert. Nach einer kurzen Pause sagte Claire: „Ok. Da ich bis dahin nichts anderes vorhabe, bin ich einverstanden." Vielleicht würde sie das auf andere Gedanken bringen. Irgendwann mussten diese schrecklichen Gedanken an ihre beste Freundin ja mal aufhören. Claire wollte an Penelope denken - an all die schönen Dinge, die sie mit ihr erlebt hatte. Und das war so einiges. Aber immer wieder kamen ihr die Gedanken von Penelopes Tod in den Sinn und nahmen Claire die Luft zum Atmen.

Die nächsten Tage wurden sehr anstrengend. Julie und Ines schleppten Claire durch Boutiquen, Schuhläden, Cafés und die angesagtesten Clubs der Stadt. Claire lernte viele Leute kennen, deren Namen sie sich aber beim besten Willen nicht alle merken wollte. Trotz der Anstrengung waren diese Tage schön. Mit Julie und Ines um die Häuser zu ziehen, war richtig toll. Und es war sehr lustig. Aber wenn das in diesem Tempo so weiterginge, dann konnte sie das Studium glatt vergessen.

Als die drei Freitagnacht nach Hause kamen, hätte Claire im Stehen einschlafen können, so müde war sie. „Ihr seid richtige Feierbiester!" stellte sie fest. „Und nicht totzukriegen!" Ines biss sich augenblicklich auf die Lippen. Sie dachte an die Dinge, die Claire durchgemacht hatte. „Morgen können wir ausschlafen. Frühstück um 10 Uhr?" rettete Julie die Situation. „Ja, gute

Nacht." Claire machte sich auf den Weg ins Bett.

Der Samstagvormittag plätscherte so dahin. Claire war immer noch ziemlich geschafft vom Feiermarathon. Julie und Ines schienen das besser wegzustecken. „Ihr seht aus wie das blühende Leben. Wie schafft ihr das bloß?" fragte Claire die beiden verwundert. „Reine Übungssache" erwiderte Ines. „Das Leben in Paris ist eben anders als in der Provinz. Und wenn das Studium nur zum Lernen da ist, dann wäre das ziemlich langweilig. Oder?"

Am späten Nachmittag machten sich die drei dann auf den Weg zur Uni. Zuerst wurden den Neuen die Gebäude gezeigt und die Professoren stellten sich und ihre Sachgebiete vor. Ihre Professorin für Psychologie hieß Gabrielle Arnaut. Sie und Claire kamen ins Gespräch und wechselten einige Worte. Claire fand sie sehr sympathisch. Mal sehen, wie ihre Vorlesungen so sind, dachte sie.

Dann war der offizielle Teil beendet. Die Professoren verabschiedeten sich schnell, um sich am Montag nicht erklären zu müssen. Hier und da war wohl früher schon der eine oder andere Professor auf Bildern aufgetaucht, die nicht für die Öffentlichkeit bestimmt waren.

Einige der höheren Semester, meisten Jungs, standen am Grill. Getränke verteilten die Mädels hinter dem Tresen. Claire stand mit einigen Kommilitonen zusammen. Sie ertappte sich dabei, dass sie immer wieder zu einer Gruppe von Jungs rüber schaute. Einer der Jungs weckte ihr Interesse. Er war groß, muskulös und hatte kurze fast schwarze Haare. Er schaute nicht herüber, sondern unterhielt sich mit den anderen. Claire rief sich zur Raison - *‚Du bist zum Studieren hier, nicht zum Tindern!'* Sie konzentrierte sich wieder auf die Gespräche mit den anderen in ihrer Gruppe.

Dann kamen Ines und Julie zu ihr. Die drei stellten sich etwas abseits und sprachen über den Nachmittag. Plötzlich stand der großgewachsene junge Mann, zu dem Claire mehrmals herübergeschaut hatte, vor ihr. „Ich bin Etienne. Und Du?" „Ich nicht." Claire war perplex und erschrocken über ihre Antwort. Ines lachte laut los: „Der war gut. Den Spruch muss ich mir merken." Etienne beeilte sich, schnell wieder zu seinen Freunden zu kommen.

„Das ... das wollte ich nicht." sagte Claire sichtlich aufgelöst. „Ach, die Jungs dort können das ab. Das sind alle Computer-Nerds. Die kennen das nicht anders." klärte Ines Claire auf. „Etienne sieht aber nicht aus wie ein Nerd." merkte Claire an. „Wie sieht denn ein Nerd für Dich aus?" fragte Ines. „Blass, pickelig und mit fettigen Haaren. So sieht für mich ein Nerd aus, Ines. Etienne passt da so gar nicht ins Schema." „Ja. Er ist da eine Ausnahme. Er sieht gut aus und ist intelligent. Wenn Du einmal ein Computer- oder Handy-Problem hast, dann solltest Du ihn ansprechen. Er bekommt alles hin. Man munkelt sogar, dass er die Uni-Server hacken kann, um die Noten der Klausuren zu ändern." sagte Julie. „Mir hat er schon einmal bei einer Hausarbeit aus der Patsche geholfen. Nicht weil die Note schlecht war - meine Festplatte hatte gestreikt." ergänzte sie schnell.

Später am Abend sah Claire Etienne allein am Getränketresen. Sie ging zu ihm hin. „Hallo Etienne. Das vorhin ... wollte ich nicht. Das ist nicht meine Art. Ich ... ich war nur so erschrocken. Tut mir leid. Ich bin Claire.“ Sie streckte ihm ihre Hand hin. Er schüttelte ihre Hand zur Begrüßung. „Ist schon gut. Ich weiß, wer Du bist. Julie hat es mir bereits gesagt. Was studierst Du?“ „Psychologie und Forensik.“ „Ah. Forensik. Da werden wir uns ja öfter sehen. Forensik hat ja auch technische Bereiche.“ freute er sich. „Claire, Ich muss wieder los. Meine Freunde haben Durst.“ Etienne verabschiedete sich und ging mit den Bierflaschen wieder zurück zu den Jungs. Sie schaute ihm hinterher.

Dann sah Claire Julie und Ines mit einigen anderen Mädels zusammenstehen und ging zu ihnen. „Na, wie liefs?“ Die Neugier von Ines brach wieder hervor. „Ganz normal. Ich habe mich bei ihm entschuldigt. Mehr nicht.“ entgegnete Claire. Vom weiteren Gespräch bekam sie nicht sehr viel mit. Immer wieder schaute sie zu den Nerds, nein - zu Etienne. Und auch er schaute oft zu ihr.

Etwas später stand Claire allein an eine Mauer gelehnt und schaute sich den Trubel um sie herum an. Sie überlegte. Die letzten Tage hatte sie fast gar nicht an ihre Freundin Penelope gedacht. Na ja, die beiden Mädels hatten die vergangenen Tage ja auch ein anspruchsvolles Programm für Claire ausgearbeitet.

Etienne kam mit Getränken und stellte sich zu ihr. „Was denkst Du gerade, Claire?“ „Ich? Ich hoffe, ich kann hier etwas zur Ruhe kommen.“ „Das hört sich nicht gut an. Was ist Dir denn passiert?“ „Lass uns heute Abend nicht darüber reden. A santé, Etienne.“ Claire stieß mit ihrem Glas an seine Flasche Bier. Sie tranken einen Schluck. Etienne wechselte das Thema. Er sprach über sich, seine Kindheit und die Zeit an der Uni. Sie hing förmlich an seinen Lippen. Auch Claire erzählte von sich, ließ aber die schrecklichen Erlebnisse weg, die sich in ihr Gedächtnis eingebrannt hatten.

Etienne konnte ihr an diesem Abend immer wieder ein Lächeln auf ihre Lippen zaubern. Er war ein sehr lustiger Typ. Sie mochte diesen jungen Mann, seine Stimme, seine Bewegungen, seine braunen Augen. In seiner Nähe fühlte sie sich wohl. Sie genoss die flüchtigen Berührungen von ihm. Einmal legte er seine Hand auf ihre Schulter, ein anderes Mal berührten sich ihre Hände und immer war es für Claire ein sehr schönes Gefühl. Sie hätte es vor einigen Wochen nicht für möglich gehalten, sich wieder auf einen anderen Menschen einzulassen.

Claire und Etienne standen lange an der Mauer und unterhielten sich. So, als ob sie sich schon Jahre kannten und sich nach langer Zeit wiedergesehen hatten. Es war schon spät. Claire fröstelte ein wenig. Etienne zog seine Jacke aus und legte sie über ihre Schultern. Sie sahen sich um. Die meisten Studenten hatten sich bereits verabschiedet. „Es ist schon spät, Etienne. Wir sollten auch so langsam nach Hause gehen." „Ja. Du hast recht." Die beiden sahen sich tief in die Augen und kamen sich immer näher. Gleich würde er sie küssen. Doch - dazu kam es nicht. Ines und Julie riefen den beiden zu. „Claire. Kommst Du? Wir wollen los." Claire und Etienne verabschiedeten sich. „Schlaf gut Etienne.“ „Du auch Claire. Gute Nacht.“

In der Woche danach trafen sich Claire und Etienne in der Uni, wann immer sie Zeit hatten. Wenn es keiner sah, hielten sie Händchen. Auf den Kuss vom Samstag wartete Claire aber vergebens.

Am nächsten Freitagabend waren die drei Mädels auf dem Heimweg vom Club. Sie kamen an einer Karaoke-Bar vorbei. Julie rief: „Los! Lasst uns da rein gehen. Das wird bestimmt lustig.“ Ines hatte zuerst keine Lust, ließ sich aber von den beiden anderen überreden. Drinnen war der *‚Bär‘* los. Der Mann, der dort auf der Bühne stand, sang sich die Seele aus dem Leib. „Das Lied an sich ist ja ganz schön, aber das Gekreische von ihm nicht. Das kann man sich nur schön saufen.“ Ines bestellte bei der Bedienung drei Shots. Kurze Zeit später standen die Gläser auf dem Tisch. „Mach uns gleich noch mal drei!“ bat Claire die Bedienung und wunderte sich über sich selbst. Alkohol brauchte sie eigentlich nicht, aber - heute war irgendwie eine Ausnahme. „Auf gute

Freundschaft". Claire, Julie und Ines stießen an und leerten das Glas in einem Zug. Als Claire ihr Glas auf dem Tisch abstellte, schaute sie die beiden an. „Ich mache jetzt was ganz verrücktes." und verschwand in Richtung Bühne. Als Claire anfing, den Song Diamonds von Rihanna zu singen, standen ihre Münder weit auf. Julie und Ines feuerten sie an. Das hatten sie von Claire nicht erwartet. Die Leute in der Bar waren ganz aus dem Häuschen. Sie klatschten und johlten. Der Applaus für Claire wollte auch nach ihrem Gesang nicht aufhören. Sie verlangten eine Zugabe. „Das war echt klasse." Ines war sichtlich begeistert. „Woher kannst Du so gut singen, Claire?" wollte Julie wissen. „Ich habe in der Schule im Chor meistens die Solostimme gesungen." „Jetzt muss hier nur ein Talent-Scout rumsitzen, dann kannst Du Deine Gesangskarriere starten." „So ein Quatsch, Ines. Ich habe eine ganz gewöhnliche Stimme. So wie viele andere auch." winkte Claire ab. „Na, der Mann da drüben schaut aber sehr interessiert rüber. Das könnte ein Talent-Sucher sein." „Blödsinn, Julie". „Dann hast Du einen neuen

Verehrer, Claire. Damit wären es in kürzester Zeit gleich zwei. Das nennt man eine gute Erfolgsquote." Claire schüttelte lachend ihren Kopf.

Vergnügt und lachend gingen die drei Frauen nach Hause. Der Heimweg dauerte wegen der Getränke, die sie in der Bar getrunken hatten, etwas länger als sonst.

Julie war am nächsten Morgen nicht die erste in der Küche. Claire bereitete das Frühstück vor. Als die beiden anderen sehr langsam in die Küche schlurften, freute sich Claire: „Na, da habe ich Euch beide gestern Abend mal so richtig fertig gemacht. Ihr seht blass aus." „Bitte nicht so laut, Claire. Mein Kopf dröhnt." Julie musste sich am Küchenschrank festhalten. Ines sah auch nicht gut aus. „Ich habe Euch heute ein Spezialfrühstück gemacht. Die Vorspeise liegt bereits auf Eurem Teller." In der Mitte des Tellers lag je eine Kopfschmerztablette. „Als Hauptgang gibt es Rührei mit Speck. Ich hoffe ihr habt Appetit." Claire freute sich diebisch.

Am Abend hatten sie Etienne zum Kochen und Essen eingeladen. Claire fand das nicht so gut, weil das Kochen so ein Ding zwischen den drei Frauen war. Sie unterhielten sich da gerne über Frauensachen, da störte ein Mann nur. Doch die beiden anderen Mädels bestanden darauf.

Etienne erklärte, dass er lieber aß, kochen zähle nicht zu seinen Stärken. Aber beim Gemüse putzen war er ganz brauchbar. „Etienne. Ihr Männer seid doch so für Fleisch. Kannst Du uns das Stück da mal richtig zerlegen? Und schneide bitte das Fett gleich mit ab." Ines legte ihm das Fleischstück auf das vor ihm liegende Brett. „Habt ihr ein vernünftiges Messer für mich? Mit diesem kleinen Gemüsemesser geht das nicht." erklärte Etienne. Claire gab ihm das große aus dem Messerblock, schaute ihm tief in die Augen und gab ihm einen Kuss auf die Wange. „Das ist scharf." sagte Etienne. „Und was ist mit dem Messer?" fragte Ines. Alle lachten laut.

Etienne war ein wahrer Künstler mit dem Messer. Das Fleisch war in Null Komma Nichts zerlegt. Und für die drei Frauen trennte er das

Fett ganz sauber ab. „Woher kannst Du das so gut?“ wollte Ines wissen. „Ich habe ab und zu in der Metzgerei meines Vaters gearbeitet. Da lernt man das halt.“ erwähnte Etienne stolz. Ines beugte sich über das Schneidebrett und begutachtete das Ergebnis. „Du könntest Chirurg werden. Deine Schnitte sind sehr sauber. Vielleicht solltest Du das Studienfach wechseln und in die Medizin gehen.“ „Nein, Ines. Wenn ich am Computer etwas falsch mache, dann kann ich den neu starten oder das Programm neu installieren. Bei Menschen klappt das nicht immer.“

Als das Essen auf dem Herd stand, deckte Claire den Küchentisch. Sie schaute immer wieder zu den dreien rüber, wie sie in den Töpfen rührten und probierten. Da war Julie mit ihren langen blonden Locken und mit ihrer behutsamen, ja fast mütterlichen Art, Ines mit ihrer frechen blonden Kurzhaarfrisur, die eine entwaffnende Ehrlichkeit hatte und sehr neugierig war. Sie konnte behaupten, dass sie zwei neue Freundinnen gefunden hatte. Und Etienne, dieser große, gutaussehende, muskulöse Kerl, der intelligent und lustig war und anscheinend einige unentdeckte Fähigkeiten hatte. Sie hätte nie gedacht, dass sie sich so schnell wieder auf einen Mann einlassen konnte. Sie setzte sich auf einen Stuhl und fragte sich, ob sie hier angekommen war. Claire schaute sich die drei nochmals an und nickte - ja, sie war angekommen.

Das Essen war sehr lecker. Der Wein, den Etienne mitgebracht hatte, passte sehr gut dazu. Sie erzählten sich Geschichten aus ihrem Leben und lachten viel. Spät am Abend sagte Etienne: „Ich muss jetzt los. Hab für Montag noch einige Experimente vorzubereiten. Du wirst Dich freuen, Claire. Ich habe da ein paar schwierige Rätsel, die geklärt werden müssen." Er verabschiedete sich von Julie und Ines. Claire brachte ihn noch zur Wohnungstür. Die beiden schauten sich wieder tief in die Augen und ihre Gesichter kamen sich immer näher. Etienne nahm Claire in seine Arme und küsste sie leidenschaftlich.

In dieser Nacht blieben Claires Alpträume aus.

KAPITEL 2
Olivia

Die ersten Wochen in der Uni waren sehr anstrengend und arbeitsreich. Claire lernte mit Julie nach den Vorlesungen zu Hause weiter. Ihr fotografisches Gedächtnis half ihr dabei, nur Julie musste alles mühsam pauken. Glücklicherweise konnten die beiden sich gut ergänzen. Ines hingegen flog der Lernstoff einfach zu. Sie sog alles wie ein Schwamm auf und konnte es dann.

An den Abenden mussten sich die drei Frauen sogar dazu zwingen, gemeinsam zu kochen. Dabei hatten sie sich am ersten Tag versprochen, dass sie mindestens dreimal die Woche gemeinsam kochen und zu Abend essen wollten.

Claire und Etienne sahen sich auch ein paar Mal in den Vorlesungen zur Forensik und zu den praktischen Arbeiten. Claire merkte, dass Etienne trotz des Kusses, in der Öffentlichkeit immer noch schüchtern war. Das reizte sie umso mehr. Aber irgendwie wollte es mit ihm nicht so richtig klappen. In der Öffentlichkeit nur eine kurze aufregende Berührung mit der Hand oder ein flüchtiger Blick reichte ihr nicht. Sie musste sich etwas anderes einfallen lassen, um ihn aus der Reserve zu locken.

Freitags und samstags nahmen sich die drei Mädels regelmäßig eine Auszeit vom Lernen. Sie gingen dann immer in die Szene-Clubs in der Nähe und tanzten bis in die Nacht hinein. Der Sonntag war dann zum Ausruhen da. Claire brauchte das auch, aber die beiden anderen könnten wohl jeden Abend feiern gehen. Etwas Gutes hatten die Clubs. Etienne und Claire kamen sich näher.

Als Claire eines Abends mit den Mädels und Etienne im Club waren, merkte sie ein gewisses Knistern zwischen sich und Etienne. Ines und Julie wollten an dem Abend so gegen 23 Uhr nach Haus. Claire und Etienne wollten noch weiter tanzen. Beide fühlten diese erotische Spannung. Sie tanzten noch enger zusammen als vorher.

Etienne flüsterte. „Lass uns nach Hause gehen. Mir ist ganz schön warm." Claire lächelte ihm verheißungsvoll zu.

In der Wohnung angekommen, sind die beiden sehr leise in Claires Zimmer gegangen, um Ines und Julie nicht zu wecken. Dann schauten sie sich tief in die Augen und gaben sich ihrer Leidenschaft hin.

Am nächsten Morgen verabschiedete sich Etienne so gegen sechs Uhr morgens. „Ich muss noch mal weg." „Morgens um sechs? Es ist Wochenende." „Ich habe noch etwas Wichtiges zu erledigen, mein Schatz. Schlaf schön, Claire. Ich liebe Dich." „Okay. Ich liebe Dich auch, Etienne. Pass auf Dich auf." Er ging leise aus dem Zimmer. Claire schaute ihm noch hinterher, dann drehte sie sich im Bett zu seiner Seite um und sog den Duft seines Kopfkissens ein. Sie schlief augenblicklich ein und hatte einen wundervollen Traum.

Am Morgen kam Claire gut gelaunt in die Küche. Julie war bereits da und machte wie immer das

Frühstück. „Guten Morgen, Julie." „Morgen. Claire." Auch Ines kam jetzt wortlos zu ihnen. Claire schaute in ihr Gesicht. Ihr fielen die verweinten Augen von Ines auf. „Was ist passiert?" fragte Claire. „Ihr wart heute Nacht sehr laut, Du und Etienne. Das ist passiert." Ines setzte sich und schaute Claire wütend an. „Hast Du deswegen geweint, weil wir laut waren und Du nicht schlafen konntest?" Claire begriff nicht, worauf Ines hinauswollte: „Das tut mir leid." Ines streichelte Claires Hand und sprach: „Nein. Deswegen war es nicht." Sie stand auf und ging wieder in ihr Zimmer. Claire sah Julie fragend an: „Habe ich etwas verpasst?" „Allerdings. So einiges. Hast Du noch nicht gemerkt was mit Ines los ist?" „Nein. Was denn?" Claire war noch immer ratlos. „Ines liebt Dich!" „Was??? Ich denke, sie steht auf Männer?" Claire schaute Julie mit weiten Augen und offenem Mund an. „Sowohl als auch." „Seit … seit wann ist sie denn in mich verliebt?" „Sie hatte sich schon damals in Deine Stimme verliebt, als Du wegen der Wohnung angerufen hattest. Als Du dann hier in der Wohnung standest, hat sie das Telefonat mit ihrem Ex vorgetäuscht. Sie war in diesem Moment sehr aufgeregt und konnte Dich deswegen nicht ansprechen. Als Ines euch beide heute Nacht gehört hat, ist sie zu mir gekommen. Nicht was Du denkst, sie wollte nur nicht allein in ihrem Zimmer sein. Sie hat sich zu mir ins Bett gelegt und in den Schlaf geweint." Claire fühlte sich jetzt richtig schlecht. Sie hatte von alledem nichts mitbekommen. Was sie durch den Mord an ihrer besten Freundin oder durch Etienne so abwesend? Claire stand vom Stuhl auf: „Ich gehe zu Ihr." „Das ist jetzt keine gute Idee. Lass mal. Ich kümmere mich um sie." Julie machte sich auf den Weg zu Ines.

In den nächsten Tagen ging Ines Claire aus dem Weg. So ging das nicht weiter, dachte sich Claire. Sie musste mit ihr reden. Am Montagabend waren sie und Ines allein in der Wohnung: „Ines. Hast Du jetzt für mich Zeit? Bitte." Sie setzten sich ins Wohnzimmer. Claire bat Ines um Verzeihung: „Ich wollte Dir nicht wehtun, Ines. Das war nicht meine Absicht. Ich fühle mich geehrt, dass Du Dich in mich verliebt hast. Ich habe Dich auch sehr gern. Aber ich bin mehr auf Männer fixiert. Vielleicht konnte ich deswegen Deine Gefühle für mich nicht deuten. Verzeih mir bitte." Ines sah sie sehr lange an: „Ich verzeihe Dir, Claire. Ich kann Dir einfach nicht böse sein. Gib mir bitte etwas Zeit, um darüber hinweg zu kommen." „Ja. Alle Zeit die Du brauchst." Dann umarmten sie sich - nicht wie ein Paar, sondern wie Freundinnen. Ines löste sich aus der Umarmung: „Und - wenn Du mal auf Frauen stehst ..." Claire vollendete den Satz: „... dann bist Du die erste, die das erfährt. Versprochen." Beide Frauen mussten lachen. Claire war erleichtert.

Als Claire am Dienstagmorgen etwas zu spät in die Psychologie-Vorlesung kam, konnte sie in die Runde der Zuhörer schauen. Ihr fotografisches Gedächtnis machte sich wieder bemerkbar. Etwas war anders. Es fehlte jemand. Im ersten Moment kam sie nicht drauf, als sie dann aber in der Bank platznahm, fragte sie ihre Nachbarin Sofia: „Wo ist eigentlich Olivia?" „Keine Ahnung. Frag doch in der Pause ihre Clique. Die hängen doch immer zusammen ab."

Nach der Vorlesung ging Claire zu Olivias Freundinnen und fragte sie: “Was ist mit Olivia? Ist sie krank?“ „Wahrscheinlich.“ sagte eine der Mädels. „Ihr wisst nicht, was mit Olivia los ist? Was seid ihr denn für Freundinnen.“ erboste sich Claire. „Sie nimmt sich öfter mal eine Auszeit. Meistens hat sie dann eine Männergeschichte am Laufen.“ entschuldigte sich eine andere. „Aber. Komisch ist das schon.“ stimmte sie Claire zu. Kopfschüttelnd drehte sich Claire um. So ein Desinteresse konnte sie einfach nicht fassen. Ein ungutes Gefühl stieg in Claire auf. Dieses Gefühl kannte sie nur zu gut - und das ging beim letzten Mal schrecklich aus.

Am nächsten Morgen bewahrheitete sich Claires Gefühl. Ihre Professorin Gabrielle Arnaut kam mit zwei fremden Personen in die Vorlesung. „Das sind zwei Kommissare von der Pariser Polizei. Sie haben einige Fragen an sie.“ Und sie übergab das Gespräch an die beiden Polizisten. „Guten Tag. Mein Name ist Alain Robert und das ist meine Kollegin Christine Bernard. Wir haben einigen Fragen an sie zu Olivia Dupont.“ „Was ist mit ihr?“ fragte eine ihrer Freundinnen ängstlich. „Sie wird vermisst. Wir befragen daher alle, die mit ihr zusammen waren. Wir werden ihnen in den nächsten Tagen in der Uni einige Fragen zu Mademoiselle Dupont stellen.“ sagte Kommissar Robert. „Wir sind hier mit mehreren Beamten vor Ort und werden sie dann zu uns rufen.“

Am Donnerstagvormittag wurde dann Claire zur Befragung geholt. Die beiden Kommissare vom Mittwoch saßen vor ihr am Tisch und hielten kurz ihre Dienstausweise in die Höhe. „Bitte setzen sie sich Mademoiselle Moreau.“ Kommissarin Bernard zeigte auf den Stuhl gegenüber.

Claire beobachtete die beiden Kommissare. Monsieur Robert war Anfang 50, etwa 1,85 Meter groß, mit einem leichten Bauchansatz und hatte graumeliertes, kurzes Haar. Er war der Vorgesetzte von Kommissarin Bernard. Claire schätzte sie auf Ende 20. Sie war schlank und hatte mittellanges, blondes Haar. Und - sie konnte ihren Boss um den *‚Finger‘* wickeln.

„Was ist mit Olivia? Ist sie tot?“ fragte Claire die Kommissare. „Wie kommen sie darauf?“ konterte Kommissar Robert. „Sie sind von der Mordkommission.“ „Woher wissen sie das?“ „Das steht auf ihren Ausweisen.“ Claire war sich sicher. „Das konnten sie in der Kürze der Zeit sehen?“ fragte Christine Bernard. „Manche behaupten von mir, ich hätte ein fotografisches Gedächtnis.“ erklärte Claire. „So eine Fähigkeit hätte ich auch gerne.“ schwärmte Kommissarin Bernard. Claire sagte: „Glauben Sie mir, ich würde diese Fähigkeit gerne loswerden. Manche Dinge, die man sich merkt, möchte man gerne vergessen. Das geht aber leider nicht in jedem Fall.“ Sie dachte wieder an den Mord an ihrer besten Freundin Penelope. Dies hatte sich auf ewig in Claires Gedächtnis eingebrannt.

„Was ist denn nun mit Olivia?“ Claire ließ sich nicht von ihrer schrecklichen Vorahnung abbringen. „Ja. Sie ist tot.“ sagte Kommissar Robert. „Bis zur Bewusstlosigkeit gewürgt, vergewaltigt und erstochen?“ Claire rutschte unruhig auf ihrem Stuhl hin und her. „Woher wissen Sie das?“ fragte der Kommissar. Claire dachte an ihre beste Freundin und schwieg.

„Weil in ihrer Nähe immer wieder Morde passieren.“ Eine Stimme aus dem Hintergrund zerschnitt diese Stille. Es war Kommissar Hugo Michel aus Nantes. Der Kommissar, mit dem Claire in Nantes heftig aneinandergeraten war, trat aus der dunklen Ecke heraus ins Licht. „Es würde mich nicht wundern, wenn sie die ganzen Morde in Nantes und auch den in Paris begangen hat. Sie ist verflucht.“

Claire kochte vor Wut. Sie sprang vom Stuhl hoch und dieser kippte mit einem lauten Knall hinter ihr auf den Boden. Sie baute sich vor ihm auf: „Glauben Sie wirklich, ich hätte meine allerbeste Freundin ermordet? Und wie könnte eine Frau eine andere Frau vergewaltigen?“ Claire ballte ihre Fäuste und würde ihm am liebsten eine runterhauen. „Ihr Frauen habt da ja einige Hilfsmittel für sowas.“ Hugo Michel schnaubte verächtlich. Claire war außer sich. Kommissarin Bernard sprang auf, stellte sich zwischen die beiden und sprach dann im ruhigen Ton zu

Kommissar Michel: „Ich denke wir machen die Befragung jetzt ohne Sie weiter. Vielen Dank für Ihre Unterstützung, Herr Kollege." Hugo Michel ging an ihr vorbei, schnaubte leise: „Weiber!" und verschwand.

„Was war das denn?" fragte Kommissar Robert. Claire stellte den Stuhl wieder hin und setzte sich langsam. Sie schloss die Augen und atmete mehrmals tief durch, um sich wieder zu beruhigen. Dann erklärte sie den beiden Kommissaren: „Ich habe letztes Jahr meinen Ex-Freund angezeigt. Er hatte mich gestalkt. Die Anzeige hat dieser Bulle aufgenommen." „Ein Kommissar der Mordkommission nimmt eine Anzeige wegen Stalking auf?" Das war für Alain Robert zu hoch. Claire holte weiter aus: „Als ich wegen meiner Anzeige im Präsidium war, sagte man mir, dass sie dort personelle Probleme haben. Magen-Darm-Infekt. Etliche Kollegen waren damals erkrankt. Da bin ich dann halt an ihn geraten. Ich habe ihm erzählt, was alles passiert ist, habe die Anzeige unterschrieben und am Ende hat er behauptet, dass die Frauen selbst schuld sind, wenn ein Mann so reagiert. Und er hatte noch weitere Sprüche unterhalb der Gürtellinie verteilt. Als ich dann das Büro verließ, habe ich gesehen, wie er die Anzeige in den Reißwolf gesteckt hat. Ein Kollege von ihm hat sich bei mir für das Verhalten des Kommissars entschuldigt. Nachdem sich seine Frau von ihm getrennt hatte, ist der Kommissar so ungenießbar geworden. Am nächsten Tag bin ich dann zu seinem Vorgesetzten gegangen und habe ihm den Fall geschildert. Er muss dann für sein Verhalten von seinem Chef wohl heftig eins auf Dach gekriegt haben. Und jetzt will er mir das wahrscheinlich heimzahlen."

„Lassen Sie uns jetzt bitte wieder zum Thema kommen, Claire. Ich darf doch Claire sagen?" entgegnete Christine Bernard. „Ja. Ist in Ordnung, Madame." „Nennen Sie mich bitte Christine." bot die Kommissarin an. „Wie standen Sie zu Olivia Dupont?" wollte sie von Claire wissen. „Sie war eine Kommilitonin. Wir haben gemeinsam an den Vorlesungen teilgenommen. Ab und zu haben wir in der Mensa nebeneinander gesessen und

Smalltalk gehalten. Sonst nichts."

„Wo waren sie am letzten Freitag zwischen 22:00 Uhr und 00:00 Uhr, Claire?" hakte Kommissar Robert die Fragen auf seiner Liste ab. „Glauben Sie wirklich, ich habe Olivia umgebracht?" „Nein. Das sind Routinefragen, die stellen wir allen, die hier sitzen. Wir recherchieren in alle Richtungen. Bitte beantworten sie meine Frage."

„Wir sind gegen 21:00 Uhr im Club angekommen." „In welchem Club waren sie und wer ist - wir?" hakte Christine nach. „Wir waren im *Magnum*. Ines Martinez, Julie Simon, Etienne Richard und ich. Im Club haben wir dann noch andere aus der Uni getroffen." „Können Sie uns bitte die Namen aufschreiben, Claire." Alain Robert schob ihr einen Stift und einen Zettel über den Tisch. Claire nahm den Stift in ihre Hand und schrieb, dank ihres fotografischen Gedächtnisses, eine vollständige Liste derer auf, die sie da getroffen hatten. „Wann haben sie den Club verlassen, Claire?" Kommissar Robert nahm den Zettel an sich. „Das war um Mitternacht." „Wissen Sie das genau?" „Ja. Die Turmuhr der Kirche schlug zur vollen Stunde und ich habe auf mein Handydisplay geschaut. Daher weiß ich, dass wir genau um Mitternacht vor dem *Magnum* standen. Ines, Julie und ich. Wir drei sind dann noch weiter ins *Dandy*, einen *‚Absacker‘* trinken.“ „Und die anderen? Wie lange waren die im *Magnum*?“ wollte Christine wissen. „Alle, die ich auf die Liste geschrieben habe, waren mindestens bis Mitternacht dort.“ erklärte Claire den beiden Kommissaren.

Nachdem die Befragung beendet war, bedankten und verabschiedeten sich die Kommissare von Claire. Sie ging auf den Flur hinaus und fühlte sich irgendwie schlecht.

„Wie ist es gelaufen?“ Etienne kam um die Ecke und wollte alles wissen. „Die haben mich gefragt, was wir am Freitagabend gemacht haben. Das habe ich ihnen dann erzählt.“ erwiderte Claire. „Mehr nicht?“ „Nein! Was ist denn los mit Dir, Etienne?“ „Ach. Nichts. Ich habe noch nie eine Befragung der Polizei mitgemacht. Da bin ich dann halt neugierig wie so etwas abläuft. Was ist denn genau passiert?“ „Olivia wurde ermordet.

Das ist passiert." Tränen rannen ihr über das Gesicht. „Bitte halt mich jetzt ganz fest, Etienne." Er schloss seine Arme fest um sie und streichelte über ihr Haar. Claire dachte wieder an ihre Freundin Penelope.

Am Nachmittag wollten Claire und Etienne in der Bibliothek Material für ein Referat zusammensuchen. Aber so richtig konnte Claire ihre Gedanken nicht auf die Bücher lenken. Zu aufgewühlt war sie seit der Befragung. Sie musste immer an den Tag denken, an dem ihre Freundin Penelope in der gemeinsamen Wohnung ermordet wurde. Schwer atmend legte Claire die Bücher auf einen Stapel und schaute sich in der Bibliothek um. An jedem der Tische sah sie Ihre Freundin Penelope sitzen, wie sie lernte. Penelope drehte sich zu Claire um. Dann stand sie vom Stuhl auf und war blutüberströmt. Claire riss ihre Augen auf und schrie. „Was ist los?" fragte Etienne ängstlich. Claire zitterte am ganzen Körper. Sie brachte kein Wort heraus und war völlig aufgelöst. Die anderen Besucher der Bibliothek schüttelten ihre Köpfe und schauten wieder in ihre Bücher.

„Soll ich Dich nach Haus bringen, Claire?“ Etienne war sichtlich besorgt. Claire nickte stumm. Die frische Luft auf dem Nachhauseweg tat Claire gut. Sie kam wieder etwas herunter. Etienne nahm ihre Hand und sie gingen langsam von der Uni nach Hause. Claire ging wortlos in ihr Zimmer. Julie und Ines fragten Etienne was los sei. Er erzählte ihnen von der Befragung mit den beiden Kommissaren, von den Ereignissen in der Bibliothek und von der Verwirrtheit von Claire. „Ich schau nochmal zu ihr.“ Etienne machte sich große Sorgen um sie. Claire lag schon im Bett und weinte leise. „Wie geht es Dir?“ „Nicht so gut. Bitte. Bleib heute Nacht bei mir, Etienne.“ Er zog sich die Schuhe aus, legte sich zu ihr ins Bett und nahm sie in seine Arme. Es dauerte nicht lange, dann war Claire eingeschlafen.

Auch am nächsten Morgen war Etienne noch an ihrer Seite. Nach dem Frühstück fragte Etienne, ob sie gleich in die Uni gehen wollen. „Ich habe heute einfach nicht die Kraft dazu.“ sagte Claire zu ihm. „Geh Du nur.“ „Kann ich Dich alleine lassen, Claire?“ „Ja. Wird schon. Ich habe nur das Gefühl, dass mich die Vergangenheit wieder einholt. Das wollte ich eigentlich vermeiden. Deswegen bin ich nach Paris gezogen.“ Und wieder dachte Claire an ihre Freundin Penelope.

Claire wartete ab, bis alle drei die Wohnung verlassen hatten und ging dann nach draußen. Sie genoss die frische Luft. Ihr Weg führte zur nahegelegenen Kirche. Sie ging langsam durch das Kirchenportal hinein. Eine himmlische Ruhe umgab sie. Jede Kirche hat ihren eigenen Geruch. Sie sog diesen Duft tief ein und ließ die Stimmung und die Ruhe auf sich wirken. Rechts in einer der Bänke saß eine ältere Dame, die leise betete. Claire ging in Richtung Altar. Auf der linken Seite davor blieb sie stehen und nahm sich eine Kerze, zündete sie an und steckte diese in das Gestell zu den anderen Kerzen. Dann trat sie einen Schritt zurück, faltete ihre Hände und dachte an die jungen Frauen, die auf so brutale Weise aus dem Leben gerissen wurden. Tränen rannen ihr über die Wangen.

Die ältere Dame, die vorher in der Bank gesessen

hatte, stand jetzt neben ihr und zündete auch eine Kerze an. Sie gab Claire ein Taschentuch und sprach: „Die Zeit heilt alle Wunden, mein Kind." „Ich hoffe es, Madame." Claire schaute die Dame an und sah in ihre gütigen Augen. Sie verabschiedeten sich und Claire ging durch das Portal wieder hinaus an die frische Luft. Draußen blieb sie stehen, schloss die Augen und atmete mehrmals tief ein. Sie schaute auf ihr Handy und stellte fest, dass sie etwa eine halbe Stunde in der Kirche war. Sie hatte jegliches Zeitgefühl verloren.

Claire ging ziellos durch die Stadt und hing ihren Gedanken nach. Lag es wirklich an ihr, dass die Frauen ihr Leben lassen mussten? Hatte der Kommissar aus Nantes vielleicht doch recht? War sie wirklich verflucht? Nein, sagte sie sich energisch. Jemand hatte die Frauen umgebracht. Dieser Jemand war schuld. Nicht sie.

Als Claire wieder aufsah, wusste sie im ersten Moment nicht, wo sie war. Sie hatte sich verlaufen. Ich gehe jetzt noch zwei Minuten in diese Richtung, wenn ich dann keine bekannten

Häuser sehe, dann gehe ich den gleichen Weg wieder zurück, dachte sie sich. An der nächsten Kreuzung wusste sie wieder wo sie war. Dort hinten war die Straße mit der Karaoke-Bar, dann konnte es nicht mehr weit bis nach Hause sein.

An der Kreuzung musste sie warten. Die Fußgängerampel zeigte für sie Rot. Als Claire dann Grün hatte, trat sie auf die Fahrbahn. Jemand schrie: „Vorsicht!“ Ein großer schwarzer SUV fuhr direkt auf Claire zu - sie konnte im letzten Moment zur Seite springen. Claire schaute dem Wagen hinterher und sah mehrere Aufkleber mit dem Namen ihrer Heimatstadt Nantes. Als sie sich auf das Nummernschild konzentrieren wollte, bog der SUV mit quietschenden Reifen in eine Nebenstraße ein. „Haben sie sich verletzt?“ fragte der Passant. Er half Claire wieder auf die Beine. „Nein. Konnten sie das Kennzeichen sehen?“ wollte Claire wissen. „Nein. Das ging alles viel zu schnell.“

Claire schüttelte sich, bedankte sich bei dem Herrn und machte sich mit zitternden Knien auf den Nachhauseweg. Sie dachte über das soeben

Geschehene nach. War das ein Versehen des Fahrers oder doch Absicht? In Claire stieg Angst auf. Sie beeilte sich, in die Wohnung zu kommen. Am frühen Nachmittag kamen Julie und Ines nach Hause.

„Na. Wie war Dein Vormittag?“ fragte Ines wieder mal neugierig. „Ich war in der Kirche und habe für Olivia und die anderen Mädchen eine Kerze angezündet.“ erzählte Claire. „Und dann wollte mich noch ein Auto überfahren.“ „Was?! Wie ist das denn passiert?“ Julie war sichtlich erschüttert. Claire erzählte den beiden von ihrem Vormittag. Julie konnte es nicht fassen: „Meinst Du, das war mit Absicht?“ „Ich hatte jedenfalls Grün.“ stellte Claire die Sache klar.

Am Montagmorgen kam Professorin Gabrielle Arnaut ins Audimax und sprach zu den Studierenden: „Guten Morgen. Wir werden aufgrund der Ereignisse der letzten Tage den Lehrplan etwas abändern. Zukünftig diskutieren wir alte und bereits aufgeklärte Kriminalfälle. Psychologisch werden wir den oder die Täter analysieren - Was hat sie zu der Tat bewogen?

Warum haben sie gerade so agiert? Wie kann man die Täter eingrenzen? Wir steigen also ins Profiling ein. In Forensik werden sie dann alle Beweisstücke der Taten untersuchen. Fingerabdrücke, DNA, aber auch die Technik wird nicht zu kurz kommen. Die örtliche Polizeidienststelle unterstützt uns dabei."

Die Studierenden schauten sich mit großen Augen an. Einige nickten zustimmend, andere waren davon nicht begeistert. „Wann fangen wir damit an?" fragten einige. Die Professorin schaute zu den Studierenden hoch: „Sofort!"

Claire fand diese Art des Lernens sehr spannend. Die Fälle, die sie besprechen wollten, lagen zwar alle vor ihrer Geburt, die Täter wurden alle von der Polizei ermittelt und vor Gericht schuldig gesprochen. In Forensik konnte sie sehr oft mit Etienne zusammenarbeiten. Das freute sie besonders.

Die Polizei führte ihnen im Forensik-Unterricht eine Handyortung vor und konnte bis auf wenige Meter genau feststellen, wo sich der

Handybesitzer befindet. „Wenn man sein Handy einschaltet, wird man ja richtig gläsern." Claire fand das gar nicht gut. Sie dachte an ihr Telefon, als es gerade in diesem Moment vibrierte. Sie schaute aufs Display. Das war ihre Mutter. „Jetzt nicht!" Claire schob den Anruf mit einem Wisch weg. Das konnte sie gerade nicht gebrauchen. Schon gar nicht, wenn sie lernte.

Die Polizisten hatten auch präparierte Notebooks dabei. Diese sollten von den Studierenden entsperrt werden, um an die Daten zu gelangen. Claire saß davor und wusste nicht wo sie anfangen sollte. Sie schaute zu Etienne, der neben ihr saß. Er holte einen USB-Stick aus seiner Hosentasche, steckte ihn in den passenden Port und startete den Rechner neu. Der Bildschirm wurde schwarz, dann erschien ein Fenster, in das Etienne einige Befehle eingab. Kurze Zeit später war er auf dem Desktop des Notebooks angekommen. „Ich bin drin!" rief er und konnte die Nachricht, die die Polizei auf dem Desktop hinterlassen hatte, vorlesen. Etienne hatte den Rechner innerhalb von zwei Minuten geknackt.

Der Polizist war sichtlich beeindruckt und Claire war stolz auf Etienne. Sie hatte ihn die ganze Zeit beobachtet. Er war wie ein kleiner Junge, der zu Weihnachten ein Paket mit seinem schönsten Geschenk auspackte. „Das ist meine Eintrittskarte." Etienne hielt den USB-Stick hoch und freute sich wie ein kleiner Junge.

Dann gab er Claire einen dicken Kuss auf den Mund. Claire war perplex. Das hatte er in der Öffentlichkeit noch nie gemacht. Die anderen Frauen sahen Claire neidisch an, denn Etienne war nicht nur intelligent und lustig, sondern auch optisch eine gute Partie. Claire war darüber sehr glücklich, sie hatte schon gedacht, dass Etienne sich ihretwegen schämte. Aber bei ihm schien der Knoten endlich geplatzt zu sein, denn nach dem Unterricht ging er Hand in Hand mit Claire aus dem Raum.

Claire verabschiedete sich mit einem Kuss von Etienne, da sie noch eine Vorlesung hatte. Nach den anstrengenden 90 Minuten bei einem langweiligen Professor traf sie Ines und Julie in der Mensa. „Das geht ja rum wie ein Lauffeuer!"

stellte Ines beim Essen fest. „Was meinst Du?“ Claire war durcheinander. „Meinst Du, weil Etienne das Notebook so schnell geknackt hat?“ „Quatsch. Das habe ich bei ihm vorausgesetzt. Er ist halt doch ein Nerd. Nein ich meine, dass ihr jetzt offiziell zusammen seid. Er ist für die anderen Mädels nicht mehr auf dem Markt. Die sind ganz schön geknickt.“ Claire lächelte zufrieden. Ja. Das hatte sie sich gewünscht und insgeheim auch gehofft.

Nach der Mittagspause traf Claire auf dem Flur die beiden Kommissare. Christine Bernard kam auf sie zu, der Kommissar ging schon mal vor die Tür. „Hallo Claire.“ „Hallo Christine. Sind Sie immer noch mit den Befragungen beschäftigt?“ „Wir sind gerade fertig geworden.“ „Und - schon neue Erkenntnisse?“ „Noch nicht, Claire. Wir tragen die Ergebnisse in den nächsten Tagen zusammen und ermitteln dann weiter.“ „Ich hoffe, Sie finden den Täter schnellstmöglich.“ „Ja, das hoffe ich auch. Machen Sie‘s gut, Claire.“ „Sie auch, Christine. Viel Erfolg.“

Claire schaute der Kommissarin nach. Sie setzte

große Hoffnung in Christine, damit dieser Alptraum endlich aufhörte. So ganz überzeugt war sie aber nicht.

KAPITEL 3
Puppet

Claires Mutter versuchte sie in den nächsten Tagen des Öfteren zu erreichen, aber immer dann, wenn sie beschäftigt war oder intensiv lernte. Claire konnte im Moment nicht auf ihre Mutter. Sie war sauer auf Claire, weil sie Nantes einfach so verlassen hatte. Daher drückte Claire ihre Mutter immer weg.

Am Donnerstag beim Frühstück klingelte ihr Handy wieder. „Meine Mutter." Claire verdrehte die Augen. Ines befahl: „Nun geh schon ran. Sonst kommt Deine Mutter am Ende noch hier her." „Okay. Ich mach ja schon." Claire war gar nicht begeistert.

„Hallo Mama. Wie geht's Dir?" „Claire. Warum gehst Du seit Tagen nicht ans Telefon? Ich muss mit Dir reden. Es ist wichtig." „Ich hatte keine Zeit. Musste lernen." „Claire? Puppet ist tot." Claire war wie vom Blitz getroffen - ihre Lieblingsoma - tot? „Was? Was sagst Du da?" Ihre Augen wurden feucht und die Tränen rannen ihr über das Gesicht. Nach einer langen Pause fragte ihre Mutter: „Claire? Bist Du noch dran?" „Ja. Mama." „Die Beerdigung ist am Freitag. Kommst Du nach Hause?" „Ja. Ich komme."

„Claire. Was ist los?" fragte Julie sie besorgt. „Meine Oma ist gestorben. Ich muss zur Beerdigung. Ich fahre heute mit dem Zug nach Nantes." „Mein Beileid." Ines nahm Claire in den Arm.

Claire stand vom Tisch auf und ging in ihr Zimmer. Sie packte ein paar Sachen in ihren Koffer, ein schwarzes Kleid, schwarze Schuhe und eine dunkle Strumpfhose hatte sie im Schrank. Ein Bahnticket war schnell übers Handy gebucht. Sie bestellte sich ein Taxi und verabschiedete sich von Julie und Ines. „Am Sonntag bin ich wieder da. Könnt ihr in der Uni Bescheid sagen?" Dann ging sie nach unten und wartete vor der Tür.

Das Taxi kam, Claire setzte sich hinein und der Fahrer legte den Koffer in den Kofferraum. „Wo soll es denn hingehen?" „Zum Hauptbahnhof. Mein Zug geht in 25 Minuten." „Das schaffen wir. Ich kenne da eine Abkürzung." Der Fahrer hatte nicht zu viel versprochen. Innerhalb von 10 Minuten war Claire am Bahnhof. Sie hatte noch Zeit, sich einen Kaffee und etwas zu essen zu kaufen. Dann ging sie auf den Bahnsteig. Zwei Minuten später fuhr der Zug nach

Nantes am Bahnsteig vor. Sie setzte sich auf ihren reservierten Platz am Tisch.

In den nächsten dreieinhalb Stunden war sie hier im TGV gefangen. Sie hätte sich doch etwas zu Lesen kaufen sollen. Vielleicht konnte sie ja ein wenig schlafen. Gerade als sie eingenickt war, schreckte sie wieder hoch. Ihr fiel ein, dass sie sich von Etienne nicht verabschiedet hatte. Sie nahm ihr Telefon aus der Handtasche und wählte seine Nummer. Er war sofort dran. „Hallo Claire. Was ist?" Sie erzählte ihm vom Anruf ihrer Mutter und von ihrer Oma. „Ich bin Sonntagabend wieder zurück." „Mach's gut, Claire. Ich denk an Dich." „Danke Etienne. Ich liebe Dich." „Ich Dich auch."

Der Zug kam pünktlich in Nantes an. Claire kaufte im Bahnhof einen Blumenstrauß und ging zum Taxistand. Sie stieg ein und nannte dem Fahrer das Ziel. „Sind sie sicher, dass sie hierher wollen?" fragte der Fahrer am Ziel. „Oder soll ich warten?" „Nein." sagte Claire. „Ich will hier jemanden besuchen. Den restlichen Weg kann ich zu Fuß gehen. Vielen Dank." Sie bezahlte die Fahrt und ging mit ihrem Koffer und den Blumen durch die Pforte auf den Friedhof.

Vor etwa einem halben Jahr wurde hier ihre

allerbeste Freundin beerdigt. Der komplette Uni-Jahrgang war auf dem Friedhof anwesend. Alle gedachten an Penelope und legten Blumen und Kränze nieder. Als der Mord an Claires Freundin geschah, waren alle in der Uni geschockt. Die jungen Frauen hatten große Angst, denn dies war bereits der dritte Mord.

Penelope hatte zwischenzeitlich einen Grabstein bekommen. Claire nahm den vorhandenen Strauß, der schon nicht mehr frisch aussah, aus der Vase, holte frisches Wasser und steckte den mitgebrachten Blumenstrauß in die Vase. Dann stellte sie sich vor das Grab und dachte an Penelope. An all das, was sie früher unternommen und angestellt hatten. Ihre Augen wurden feucht und Claire senkte den Blick.

Nach kurzer Zeit wurde sie von einer Stimme aus ihren Gedanken gerissen. „Hallo Claire. Schön Dich zu sehen." Penelope's Mutter stand vor ihr und hatte auch einen Blumenstrauß dabei. „Madame Dubois. Wie geht es ihnen?" „Ja, langsam geht es uns etwas besser. Aber so ganz kann ich es immer noch nicht begreifen, dass Penelope nicht mehr da ist. Darf ich meinen Strauß auch in die Vase zu Deinen Blumen stecken?" „Ja, natürlich. Penelope würde sich über so viele Blumen freuen. Diese hatte sie besonders gerne." wusste Claire. „Möchtest Du heute Nachmittag zu uns zum Tee kommen, Claire? So gegen drei Uhr?" „Gerne. Aber ich muss erst zu meinen Eltern. Ich weiß nicht, was die mit mir vorhaben." „Du kannst Dich ja bei mir melden, wenn es nicht klappt. Okay?" „Ja. Machen Sie's gut Madame Dubois." Claire machte sich auf den Weg zu ihren Eltern.

Da stand sie jetzt vor ihrem Elternhaus. Hier hatte sich nichts verändert. Die Tür im Zaun quietschte noch immer. Rechts an der Hausecke bröckelte der Putz von der Wand. Claire ging zur Haustür. Ihre Hand zögerte, als sie den Klingelknopf drückte. Im Inneren hörte sie Stimmen. Ihre Mutter öffnete ihr die Tür. „Claire!" Die beiden umarmten sich, als ob sie sich 100 Jahre nicht gesehen hatten. „Mama." Claires Augen wurden wieder feucht. „Komm rein. Du kommst gerade rechtzeitig zum Essen. Dein Bruder ist auch da." Claire trat in den Flur. Den Geruch kannte sie. Es war alles noch wie vorher. Naja, sie ist ja auch erst vor drei Monaten nach Paris gegangen. Dann stand sie im Wohnzimmer. Ihr Bruder stürmte auf sie zu und umarmte sie heftig. „Hallo Schwesterherz. Schön Dich wiederzusehen." „Hallo mein großer." Claire nannte ihren Bruder immer so, weil er 1,95 Meter groß war. Claires Vater kam aus der Küche, nahm sie wortlos in seine Arme und gab ihr einen Kuss auf die Stirn. Bis auf Puppet war die Familie wieder komplett beisammen.

Sie setzten sich alle an den Esstisch, ihre Mutter stellte das Essen auf den Tisch. „Wie geht's Dir, Claire? Was macht Dein Studium?" fing ihre Mutter die Fragerunde an. „Mir geht es soweit gut. In Paris habe ich neue Freunde gefunden. Das Studium läuft auch gut." Sie erzählte, was sie so alles erlebt hatte.

Den Mord an Olivia erwähnte Claire nicht. Sie wollte ihren Eltern keine Angst machen. Als es hier in Nantes an der Uni mit den Morden an den jungen Frauen losging, war ihre Mutter sehr ängstlich und übervorsichtig. Claire musste sich jeden Abend bei ihr melden, sonst kam sie in der Wohnung von Claire und Penelope nachschauen, ob alles in Ordnung war. Claire fragte nach, wie Puppet gestorben war. „Sie ist friedlich in ihrem Fernsehsessel eingeschlafen. Ich war am Abend noch bei ihr und habe den Einkauf vorbeigebracht. Am Morgen hat Deine Mutter sie gefunden, mit einem Lächeln auf dem Gesicht." berichtete Claires Vater. „Aber sie war doch noch so fit." Claire konnte es noch gar nicht fassen, dass sie gestorben war. Ihre Oma war so lebenslustig, dass

Claire immer gedacht hat, sie stirbt mal bei einem Autounfall, weil sie zu schnell unterwegs war. Sie fuhr trotz ihrer 95 Jahre immer noch einen *‚heißen Reifen‘*.

Claire hing ihren Gedanken nach. „Liegt heute Nachmittag noch etwas an?“ wollte sie wissen. „Nein. Hast Du was vor?“ „Ich habe auf dem Friedhof Penelopes Mutter getroffen. Sie hat mich auf einen Tee zu sich eingeladen.“ „Geh ruhig hin. Die beiden sind immer noch durch den Wind und Du kannst Sie sicher ein bisschen auf andere Gedanken bringen. Richte bitte Grüße von uns aus.“ sagte ihre Mutter.

Claire machte sich nach dem Mittagessen auf den Weg zu Penelopes Eltern. Sie wohnten nur zwei Straßen von ihren Eltern entfernt. Sie klingelte an der Tür, der Vater ihrer besten Freundin öffnete, begrüßte sie und bat Claire herein. „Claire. Schön das Du kommen konntest.“ Penelopes Mutter kam aus der Küche. „Danke für die Einladung, Madame.“

Claire schaute sich im Haus um. Auch hier hatte sich nichts verändert. Sie war hier oft ein und aus gegangen. Sie kannte jedes Möbelstück, jedes Bild und jeden Raum. „Claire, setz Dich doch. Du trinkst doch lieber Tee oder möchtest Du einen Kaffee?“

fragte Madame Dubois. „Einen Tee, bitte.“ Claire setzte sich auf die Couch. Madame Dubois kam aus der Küche, stellte für Claire eine Tasse auf den Tisch und goss den heißen Tee ein. „Möchtest Du Zucker oder trinkst Du den Tee immer noch pur?“ Penelopes Mutter erinnerte sich gut an Claires Vorlieben. „Ich trinke ihn immer noch pur. Dann schmeckt man den Tee besser. Danke.“ Sie fragten Claire, wie es ihr in der letzten Zeit so ergangen ist. Sie berichtete, was sie so alles in Paris erlebt hatte. Den Mord an Olivia erwähnte sie auch hier nicht.

„Wir haben einige Erinnerungsstücke von Penelope für Dich, wenn Du möchtest. Bilder auf denen Du mit ihr drauf bist. Und dann haben wir noch einige Kleidungsstücke aus Eurer gemeinsamen Wohnung. Da müssten auch noch einige von Dir dabei sein.“ sagte die Mutter. Sie gingen in Penelopes Zimmer. Hier hatte sich seit ihrem Auszug nichts verändert. Es sah so aus, als ob Penelope gleich zur Tür reinkommen würde. Sie setzte sich mit Madame Dubois auf das Bett und blätterte in den Fotoalben. Die Erinnerungen kamen in Claire wieder hoch. Ihre beste Freundin und sie hatten etliches erlebt. Einiges musste Penelope ihren Eltern beichten. Aber alles wussten auch ihre Eltern nicht.

Im Kleiderschrank waren zwei Kleider von Claire. Sie fasste den Stoff an und ließ diesen durch ihre Finger gleiten. Jedes dieser Kleider hatte seine eigene Geschichte. Alle hatten mit Männern zu tun. „Nein. Da ist nichts von mir dabei." log Claire. Sie wollte nicht mehr an diese Zeit erinnert werde.

Sie gingen mit einigen Fotos wieder nach unten ins Wohnzimmer. Claire schaute durch die bodentiefen Fenster in den Garten und sah draußen die Schaukel. „Die haben Sie immer noch?" „Ja." sagte der Vater. „Wir hatten gehofft, dass diese Schaukel einmal für unsere Enkel da ist." „Darf ich?" fragte Claire und deutete in den Garten. „Ja. Fühl Dich wie zu Hause".

Claire war auf dem Weg zur Schaukel und setzte sich hin. Wie oft war sie durch diesen Garten gegangen. Unzählige Male. Penelope und Claire kannten sich seit dem Kindergarten. Sie gingen während der gesamten Schulzeit in die gleiche Klasse und saßen dann immer nebeneinander. Sie waren einfach unzertrennlich, jeden Tag zusammen. Und auch oft in der Nacht. Entweder haben sie hier übernachtet oder bei Claire zu Hause. Auch als sie dann in Nantes studiert haben, hatten sie eine gemeinsame Wohnung. Claire und Penelope haben alles geteilt - wirklich alles.

Wohnung, Schuhe, Klamotten. Einmal hatten sie sogar eine gemeinsame Nacht mit einem Mann. Claire war zuerst gar nicht begeistert, als Penelope den Mann in die Wohnung mitgebracht hatte und Claire am Arm mit in ihr Schlafzimmer zog. Dann aber genoss Claire die Nacht. Sie fand es aufregend, dass sie vor den Augen ihrer besten Freundin mit dem Mann ...

Aber was sie besonders aufregend fand - sie kam ihrer besten Freundin in dieser Nacht so nahe, wie sonst nie zuvor. Dies war das einzige Mal, dass Claire so etwas erlebt hatte.

Sie lächelte und ging dann wieder ins Haus. „Noch eine Tasse Tee, Claire?“ „Ja. Danke.“ Sie unterhielten sich über die Kindheit der beiden Freundinnen. „Weißt Du noch Claire, die Rosen?“ fragte der Vater. „Ihr habt sehr viel dummes Zeug angestellt.“ „Ja. Sie waren richtig sauer, Monsieur Dubois. Wir waren sieben Jahre alt, hatten hier bei ihnen übernachtet und sind am Sonntag frühmorgens um fünf Uhr leise aufgestanden. Wir haben uns angezogen, sind in den Garten gegangen und haben alle Rosenblütenblätter abgepflückt. Die Blätter haben wir dann untereinander aufgeteilt. Ich bin nach Hause und habe die Blätter vom Bett meiner Mutter bis in die

Küche auf dem Fußboden verteilt. Dann habe ich, so gut es ging, Frühstück gemacht. Meine Mutter hat sich sehr gefreut." beichtete Claire. Monsieur Dubois erklärte: „Ich war aber nicht sauer auf euch. Ihr habt euren Müttern eine Freude machen wollen. Ich war sauer, dass mein Plan nicht aufging. Ich wollte die Rosenblätter für meine liebe Frau haben, weil wir am nächsten Freitag Hochzeitstag hatten. Ich hatte etwas ähnliches vor. Ich wollte ihr einen Rosenblätterweg von der Haustür bis ins Esszimmer legen und ein leckeres Abendessen zaubern." „Das wusste ich ja gar nicht." Madame Dubois war erstaunt. „Und was haben Sie dann gemacht?" wollte Claire wissen. „Na ja. Wir sind dann am Freitag halt essen gegangen."

Claire lenkte das Gespräch in eine andere Richtung: „Ich hatte erst etwas Angst, wieder nach Nantes zu kommen." „Warum, Claire?" „Ich möchte Jerome nicht begegnen." „Wer ist Jerome?" fragte der Vater von Penelope. „Mein Ex." „Da brauchst Du keine Angst haben, der ist mit seiner neuen Freundin weggezogen." wusste Madame Dubois zu berichten. „Wissen Sie wohin?" „Ich glaube ... nach Paris." fügte sie hinzu. Claire fand das überhaupt nicht gut. Sie hoffte, dass Paris groß genug war, um sich aus dem Weg zu gehen. Jerome war der Grund, warum sie die

Anzeige bei der Polizei gemacht hatte. Er hatte Claire nach ihrer Trennung gestalkt. Wegen ihm lebte Penelope nicht mehr. Sie hoffte inständig, dass sie ihn niemals wiedersehen musste.

Claire schaute auf die Uhr. Es war nachmittags um fünf. Sie bedankte sich nochmals für die Einladung und verabschiedete sich von den Dubois. Auf dem Nachhauseweg dachte sie über die Zeit mit Penelope nach, besonders über die schönen Dinge, die sie erlebt hatten. Und es huschte ein Lächeln über Claires Lippen.

Am nächsten Tag war die Beerdigung ihrer Oma. Nach dem Frühstück zog sich Claire das schwarze Kleid an. Als ihre Mutter sie sah, schüttelte sie den Kopf und sagte: „Deine Oma war sehr lebenslustig und das hat sie sich auch für ihre Beerdigung gewünscht. Wir sollen uns farbenfroh anziehen.“ Claire war erleichtert, denn schwarz war nicht ihre Farbe. Sie ging sich umziehen und kam in einem bunten Kleid wieder nach unten. Die Beerdigung war sehr schön, wenn man das über eine Beerdigung sagen konnte. Ihre Oma hätte sich darüber gefreut. Viele Anekdoten über Puppet kannte Claire gar nicht. Ihre Oma war ja ein richtiger *‚Feger‘*. Einige Male ertappte sich Claire, wie sie lächelte. Ihre Oma hatte ihr Leben wirklich gelebt.

Das restliche Wochenende verbrachten Claire, ihre Eltern und ihr Bruder zu Hause. Sie erzählten sich, was in den letzten Monaten noch so alles passiert war. Claire musste aufpassen, was sie ihren Eltern alles erzählte. Wenn sie den Mord an Olivia erwähnte, dann würde ihre Mutter ausrasten und Claire hierbehalten wollen. Sie erwähnte die Wohnung und ihr schönes Zimmer, ihre Mitbewohnerinnen, die Uni und die gemeinsamen Abende in den Clubs.

Dann klingelte es an der Haustür. Claire ging hin und öffnete. Ein junger, großgewachsener und gutaussehender Mann stand davor und lächelte sie an: „Bonjour. Ist Mathis da?“ „Bruderherz, Besuch für Dich.“ „Du musst Claire sein. Mathis hat viel von Dir erzählt.“ „Ich hoffe nur Gutes.“ sagte Claire und lächelte zurück. Ihr Bruder kam zu Tür, nahm den Gast in den Arm und küsste ihn leidenschaftlich. Claire war ein wenig perplex: „Warum hast Du mir nicht gesagt, dass Du einen Freund hast?“ „Ich wusste nicht, wie Du reagierst.“ konterte er. „Wie soll ich schon reagieren? Ich freue mich für Dich, Mathis.“

Der Freund ihres Bruders war ein sehr lustiger Typ. Als sie kurz mit ihrem Bruder allein war, sagte sie augenzwinkernd zu ihm: „Du hast einen sehr guten Geschmack. Das hätte ich Dir gar nicht zugetraut.“ „Das siehst Du falsch, Claire. Er hat einen sehr guten Geschmack.“ „Männer.“ Claire schüttelte lachend den Kopf.

Sonntags nach dem Frühstück wurde Claire von ihren Eltern zum Bahnhof gefahren. „Hast Du Dein Ticket?“ fragte ihr Vater. Claire winkte mit ihrem Handy: „Alles dabei.“ „Claire. Ich wünsche Dir eine gute Fahrt. Pass bitte auf Dich auf und melde Dich gleich, wenn Du in Paris angekommen bist. Versprichst Du mir das?“ „Ja, Mama.“ Widerspruch war zwecklos, dachte sich Claire. Sie und ihre Mutter umarmten sich. Dann nahm ihr Vater sie in die Arme und gab ihr einen Kuss auf die Stirn. „Mach‘s gut.“ „Ihr auch.“ Claire stieg in den Zug. Ihr Vater gab ihr den Koffer und die Tür des Waggons schloss sich hinter ihr.

Sie hatte jetzt wieder etwa dreieinhalb Stunden Zugfahrt vor sich. Dieses Mal hatte sie sich aber etwas zum Lesen mitgenommen. Sie las aber nicht die ganze Zeit, ab und zu beobachtete sie die anderen Mitreisenden. Einige Sitzplätze weiter saß eine Frau an einem Tisch. Claire schätzte sie auf etwa Mitte 40. Die meiste Zeit telefonierte die Frau leise. Claire hatte diese Frau irgendwo schon einmal gesehen. Sie konnte sich aber beim besten Willen nicht erinnern, wo das war. Hier ließ ihr Gedächtnis sie im Stich.

Claire nahm ihr Handy aus ihrer Tasche und wählte die Nummer von Etienne. Eine Stimme teilte ihr mit: *‚Der Teilnehmer ist zurzeit nicht erreichbar.'* Hatte Etienne sein Handy ausgeschaltet? Auch auf ihre Nachrichten hatte er in den letzten Tagen nicht geantwortet. Zuletzt hatte sie ihn am Donnerstagmorgen gesprochen als sie vom Zug aus bei ihm angerufen hatte. Das ist so gar nicht seine Art. Etienne machte sein Handy nie aus. Claire machte sich Gedanken.

Der Zug fuhr in den Pariser Hauptbahnhof ein. Vielleicht holt er mich ja vom Bahnhof ab, freute sie sich. Der Zug hielt an und die Türen öffneten sich. Claire schnappte sich ihren Koffer und trat auf den Bahnsteig. Die Frau aus dem Zug war gleich hinter ihr und stürmte an ihr vorbei. Beinahe hätte sie Claire umgerannt. Sie lief einer jungen langhaarigen Blondine entgegen. Claire dachte, Mutter und Tochter. Als die beiden sich umarmten und leidenschaftlich küssten, wusste Claire, das sind nicht Mutter und Tochter. Nein, die beiden waren ein Paar. Aber - woher kannte sie diese Frau?

Claire schaute sich um. Etienne war nicht da. Dafür standen aber Julie und Ines an der Treppe. Sie umarmten sich als ob sie sich ewig nicht gesehen hatten.

„Schade. Ich habe gedacht, dass Etienne auch hier ist." Claire war ein wenig enttäuscht. Ines und Julie sahen sich betreten an. „Was ist los?" in Claire stieg ein ungutes Gefühl hoch. „Du weißt es ja noch gar nicht?" Julie ließ den Blick wieder sinken. „Was ist passiert?" Claire war jetzt sichtlich unruhig. „Etienne ist ..." Ines brach mitten im Satz ab. „Was ist mit ihm?" „Etienne ist von der Polizei verhaftet worden." brachte Julie den Satz zu Ende. „Was? Warum?" Ines hatte sich wieder gefangen: „Das weiß keiner so genau. Sie haben ihn am Donnerstagnachmittag aus der Vorlesung geholt." „Warum habt ihr mich nicht angerufen?" „Du hattest mit der Beerdigung Deiner Oma zu tun. Wir wollten Dich da in Ruhe lassen."

Etienne?

Verhaftet?

Warum?

KAPITEL 4
Warum?

Claire konnte es nicht fassen. Warum wurde Etienne verhaftet? Hatte er etwas mit dem Mord zu tun? Nein. Das kann nicht sein. Etienne war an dem Abend mit im Club. Sie waren doch zusammen dort. Sie zermarterte sich den Kopf, hatte aber auf keine vernünftige Erklärung dafür. Das musste einfach ein Missverständnis sein.

Am Montag ging sie nicht zur Uni. Sie könnte dort sowieso keinen klaren Gedanken fassen. Sie nahm die Metro und fuhr die vier Stationen zum Polizeipräsidium. Claire stand vor dem Eingang und sprach den Wachmann im Vorraum an. „Zu wem möchten Sie? Wie ist ihr Name und - haben sie einen Termin?“ fragte der Polizist. „Ich möchte zu Kommissarin Christine Bernard. Mein Name ist Claire Moreau, und - nein, ich habe keinen Termin.“ Claire machte sich keine große Hoffnung. Der Beamte nahm den Telefonhörer und wählte eine Nummer. Als er das Gespräch beendet hatte, sprach er: „Kommissarin Bernard erwartet Sie. Einfach die Treppe hoch in den zweiten Stock. Dann nehmen Sie den Flur rechts. Zimmer 2.03." Claire war erleichtert: „Vielen Dank." „Gerne, Mademoiselle." Der Beamte schaute Claire hinterher. Und nicht nur er, sondern auch andere Polizisten, die sie auf ihrem Weg traf.

Claire zögerte an der Tür mit der Nummer 2.03. Was erwartete sie dahinter? Es könnte sich alles als ein großes Missverständnis herausstellen oder - hatte sie irgendetwas übersehen? War Etienne nicht der, für den sie ihn hielt? Sie klopfte zaghaft an die Bürotür.

„Herein!" Die Stimme von Christine Bernard war laut und deutlich zu hören. Claire öffnete die Tür und trat ein. „Hallo Claire. Gut, dass sie vorbeikommen. Wir wollten sie schon anrufen." „Hallo Christine." Claire schaute sich in dem dunklen Raum um. In der Mitte standen zwei große Schreibtische mit Computern und Bergen von Unterlagen. Rechts waren hohe Schränke mit

Akten. Auf der linken Seite stand eine überdimensionale Stellwand mit vielen Bildern und Zetteln. Diese waren mit Namen und Notizen versehen. Einige der Bilder waren mit aufgemalten Pfeilen verbunden.

Claire sah fünf Bilder mit jungen Frauen, die alle langes blondes Haar hatten. Das dritte Bild von links zeigte ihre beste Freundin Penelope, zwei Bilder weiter rechts Olivia. Sie sah sich weiter auf der Wand um. Sie sah Etienne auf einem der Bilder. Pfeile mit Fragezeichen zeigten in Richtung aller Frauen. „Was ist mit Etienne?“ wollte Claire wissen. „Das werden wir klären. Und sie können uns dabei helfen.“ Kommissar Robert kam aus dem Nebenraum zu ihnen. „Hallo Mademoiselle Moreau.“ Er reichte ihr die Hand. „Hallo.“ Claire war etwas reserviert. „Wo ist er? Kann ich ihn sprechen?“ „Nein. Im Moment nicht. Er ist gerade wieder auf dem Weg ins Gefängnis. Dort können Sie ihn gerne besuchen. Sie müssen sich dort aber vorher anmelden.“ erklärte Kommissar Robert.

„Warum haben sie ihn verhaftet?“ fragte Claire

unsicher. „Er hat für die Tatzeiten kein Alibi." Christine Bernard schaltete sich wieder ein. „Bitte setzen Sie sich Claire." Sie deutete auf einen Stuhl an ihrem Schreibtisch.

Christine schaute Claire lange an. Claire fühlte sich unwohl. Sie wusste nicht, was sie jetzt erwartete. Vielleicht war die Idee, hierher zu kommen, doch nicht so gut.

„Sie haben uns gesagt, Sie, Ines, Julie und Etienne sind gegen 21:00 Uhr im Club *Magnum* angekommen. Und Etienne Richard? War er die ganze Zeit bei Ihnen, Claire?" „Worauf wollen sie hinaus, Christine?" „Bitte beantworten Sie meine Frage." Claire machte eine Pause. Sie dachte über den Abend im Club nach. Vielleicht konnte sie Etienne nicht sonderlich behilflich bei einem Alibi sein. Sie wusste, wenn sie jetzt die Wahrheit sagte, dann würde sie Etienne belasten.

„Ich mache von meinem Aussageverweigerungsrecht Gebrauch." bestimmte Claire. Christine klärte sie da auf: „Sie dürfen die Aussage nur verweigern, wenn sie mit

Etienne verheiratet sind. Sind Sie miteinander verheiratet, Claire?“ Claire schüttelte verlegen den Kopf. „Dann sind Sie zur Wahrheit verpflichtet. Und bedenken Sie, ein Richter kann Sie unter Eid stellen. Wenn Sie da die Unwahrheit sagen, kann das für Sie Gefängnis bedeuten.“

Claire schluckte. Dann schloss sie die Augen, atmete tief ein und machte mit ihrer Aussage weiter: „Gegen 21:45 Uhr kamen die Freunde von Etienne in den Club. Er war noch ein paar Minuten bei mir. Ich habe ihm dann gesagt, er kann ruhig zu seinen Freunden gehen. Er hat mir einen Kuss gegeben und ist dann zu seinen Jungs rüber.“ „Sie sind mit ihm zusammen?“ „Ja.“ „Claire, haben Sie gesehen, dass Etienne die ganze Zeit im *Magnum* war? Bitte, überlegen Sie genau!“ Claire schaute zu Kommissar Robert rüber. Was ging hier vor. Warum stellte der Kommissar gerade diese Frage.

Claire überlegte lange. “Etienne und seine Freunde haben in der Nähe an einem anderen Tisch gesessen.“ „Konnten Sie den Tisch einsehen?“ fragte Christine. Claire schloss die

Augen, und holte sich die Bilder des Abends im Club ins Gedächtnis. Den Tisch konnte sie tatsächlich nicht sehen. „Nein, da war eine Säule. An der hingen einige Jacken, die mir die Sicht nahmen.“ „Also, Sie konnten Etienne Richard nicht die ganze Zeit sehen, Claire?“ „N-e-i-n.“ Claire war jetzt völlig durcheinander. Sie dachte - verzeih mir Etienne. „Ich bin um 22:00 Uhr zur Toilette gegangen, da saß Etienne noch am Tisch.“ „Sie wissen genau, wie spät es war?“ bohrte der Kommissar weiter. „Ja. Der DJ macht im Club um 22 und 23 Uhr eine Ansage für die Minderjährigen. Die müssen dann den Club verlassen. Als ich etwa 10 Minuten später von der Toilette kam, war er weg.“ „Sie brauchen 10 Minuten für die Toilette?“ fragte Kommissar Robert nach. Christine erklärte ihm, dass es immer mal wieder auf Damentoiletten zu Staus kommt. „Also um 22:10 Uhr war Etienne nicht an seinem Platz.“ stellte der Kommissar fest. „Wo meinen Sie, hat er sich aufgehalten?“ „Ich dachte, er wäre auch zum Klo gegangen.“ „Wie kommen Sie darauf?“ fragte dieses Mal Christine. „Sein Glas war halb voll und sein Handy lag daneben.

Und sein Handy hat er immer bei sich.“ Christine machte weiter: „Claire, wann haben sie Etienne an diesem Abend wiedergesehen?“ Claire überlegte kurz: „Er kam um 23 Uhr wieder zu mir. Ines, Julie und ich gingen mit ihm zum Tisch und wir setzten uns zu seinen Jungs. Und dort waren wir alle bis Mitternacht zusammen.“

„Glauben sie wirklich, dass mein Freund Olivia umgebracht hat?“ Claire wollte die Kommissare zu einer Erklärung zwingen. Das, was sie gleich hören sollte, würde ihr so gar nicht gefallen.

„Claire, ihr Freund hat nicht nur für den Mord an Olivia kein Alibi. Sondern auch nicht für die Morde in Nantes.“ stellte Kommissar Robert klar. „W-a-s?“ Claire war fassungslos. „Was sagen sie da?“

Christine Bernard klärte sie auf: „Claire. Jedes Mal, wenn in Nantes ein Mord passierte, war das Handy von Etienne dort in der gleichen Funkzelle eingebucht, wo die Morde geschehen sind. Wir gehen davon aus, dass ihr Freund auch dort war. Sie haben uns ja gesagt, dass er sein Handy immer dabei hat. Außerdem hat man seine DNA an den Tatorten gefunden."

Claire fühlte sich wie ausgebrannt. Etienne - fünf Morde? Sollte er dafür verantwortlich sein? Hatte er ihre beste Freundin ermordet? Claire konnte das nicht glauben. Nicht er. Nicht Etienne. Sie musste ihre Gedanken sammeln.

Dann stand sie auf, wandte sie an Christine und fragte: „Kann ich jetzt gehen?" „Ja, Claire. Bitte halten Sie sich für weitere Befragungen zur Verfügung. Vielen Dank. Auf Wiedersehen." Claire ging wortlos auf den Flur. Draußen setzte sie sich auf einen Stuhl im Wartebereich, vergrub ihr Gesicht in ihren Händen und weinte hemmungslos.

Nach ein paar Minuten hatte sich Claire wieder soweit im Griff, dass sie das Polizeipräsidium verlassen konnte. Der Wachmann am Eingang schaute sie nachdenklich an. Dann trat sie vor die Tür und atmete wieder frische Luft. Sie nahm ihr Telefon zur Hand und wählte die Telefonnummer des Gefängnisses. Nach kurzer Zeit meldete sich eine Frauenstimme: „Staatsgefängnis. Was kann ich für Sie tun?“ „Guten Tag. Mein Name ist Claire Moreau. Ich möchte jemanden bei ihnen besuchen.“ „Besuchszeiten sind immer dienstags von 16 bis 17 Uhr. Um wen geht es denn?“ „Etienne Richard.“ „Zu wann soll ich Sie denn einplanen, Madame Moreau?“ Claire wusste nicht genau, worauf die Dame hinauswollte: „Ich komme dann morgen von 16 bis 17 Uhr.“ „Nein, nein. Die Besuchszeiten sind zwar von 16 bis 17 Uhr, aber Sie dürfen sich maximal 20 Minuten sehen.“ „Okay. Dann möchte ich gerne morgen um 16:40 Uhr vorbeikommen.“ „Das habe ich notiert. Bitte bringen Sie ihren Ausweis mit Madame Moreau. Ich wünsche Ihnen einen schönen Tag.“ Claire bedankte sich und beendete das Gespräch.

Sie ging zur Metrostation. In der Bahn setzte sich Claire in einen der leeren Waggons. Sie dachte über die Zeit in Paris nach. Eigentlich war sie hierhergekommen, um zu vergessen, was in Nantes geschehen war. Aber jetzt? Jetzt fühlte es sich noch schlimmer an als vorher. Das Alles nahm ihr die Luft zum Atmen. Sie fühlte wieder diesen Schmerz, vor dem sie letztendlich aus Nantes geflohen war. Beinahe hätte sie ihre Station verpasst.

Nachdenklich kam sie in der Wohnung an. Julie und Ines waren bereits da und löcherten Claire mit Fragen. „Wie wars? Was haben die Kommissare gesagt? Konntest Du mit Etienne sprechen?“ Claire setzte sich an den Küchentisch und berichtete ihren Freundinnen, was sie alles erfahren hatte.

Als sie damit fertig war, meldete sich Ines zu Wort: „Krass. Das hätte ich von Etienne gar nicht erwartet.“

„Glaubst Du etwa, dass er fünf Frauen ermordet hat?“ Claire war richtig sauer auf Ines. „So habe ich das nicht gemeint, Claire.“ „Ist schon gut. Ich - ich bin gerade etwas neben der Spur. Ich kann mir einfach nicht vorstellen, dass er der Täter ist. Irgendetwas passt da nicht.“ Claire war sich sicher - da war etwas faul.

„Was hast Du jetzt vor, Claire?“ wollte Julie

wissen. „Morgen Nachmittag werde ich ihn besuchen. Mal sehen, wie es ihm geht. Ich bin gespannt, was er zu sagen hat." Sie hoffte, dass Etienne seine Unschuld bezeugt. Was ist aber, wenn er es doch war, wenn er die Morde begangen hatte. Wenn er Claires beste Freundin vergewaltigt und ermordet hatte. Dann würde sie ihn morgen ein letztes Mal sehen. Aber nein - nein, das traute sie ihm nicht zu, er war immer so liebevoll zu ihr. Etienne ist kein Mörder - nein, das konnte nicht sein.

In dieser Nacht konnte Claire nur sehr schlecht in den Schlaf finden. Zum einen kam ihr immer wieder ihre Freundin Penelope in den Sinn, zum anderen wollte sie wissen, warum Etienne im Gefängnis war. Was hatte er ihr zu berichten?

Der nächste Tag in der Uni lief an Claire vorbei, wie ein Film. Sie konnte sich nicht richtig konzentrieren. Claire dachte nur an Etienne und den Besuch im Gefängnis. Der Tag zog sich bis zum Nachmittag wie Kaugummi.

Als es dann endlich soweit war, verabschiedete

sich Claire von Ines und Julie. „Grüß Etienne von uns." Julie nahm sie wortlos in den Arm. Claire ging wieder zur Metro. Dieses Mal musste sie einige Stationen weiter fahren.

Als Claire vor dem Gefängnis stand, wurde ihr ganz anders zu Mute. Hier endet man also, wenn man etwas ausgefressen hat. Langsam machte sie sich auf den Weg zum Besuchereingang. Der Beamte hinter der Glasscheibe deutete auf die Schublade im Tresen und befahl, ihre persönlichen Dinge und ihren Ausweis hineinzulegen. Er schaute auf den Ausweis und musterte Claire genau. Dann schrieb er ihren Namen auf ein Blatt Papier. „Die Handtasche und ihren Ausweis bekommen Sie nach ihrem Besuch wieder zurück. Haben Sie ihr Handy auch abgegeben?" Claire legte alles in die Schublade und der Beamte verstaute alles in einem Schließfach. Den Schlüssel warf er in die Schublade und Claire nahm diesen an sich.

Sie musste an einer Gittertür warten. Eine Beamtin kam auf sie zu: „Claire Moreau?" „Ja. Guten Tag. Ich möchte zu Etienne Richard." Die

Beamtin öffnete die Tür: „Folgen Sie mir bitte." Sie gingen durch einige verwinkelte Flure und an offenen Zellentüren vorbei. Die Häftlinge starrten Claire an und pfiffen ihr hinterher. Sie fühlte sich in dieser Situation sehr unwohl. Dann waren sie im Besucherraum angekommen. „Bitte setzen Sie sich. Monsieur Richard wird gerade aus seiner Zelle geholt."

Claire fand die Situation sehr bedrückend. Dann ging die Tür auf und Etienne kam mit Handschellen in den Raum. Claire sprang vom Stuhl auf und wollte zu ihm hinlaufen. Der Beamte befahl: „Keine Umarmung!" Sie setzte sich wieder schüchtern auf den Stuhl zurück.

„Hallo Claire. Schön, dass Du da bist." Etienne war erleichtert. „Hi Etienne. Wie geht's Dir? Was ist passiert? Warum haben die Dich hier eingesperrt?" Claire wusste gar nicht, wo sie anfangen sollte. Sie sprudelte mit ihren Fragen einfach los.

„Ich habe keine Alibis für die Morde. Aber - Du musst mir glauben - ich habe das alles nicht getan! Ich habe Deine beste Freundin und die anderen Frauen nicht umgebracht. Bitte glaube mir. Ich war es nicht. Ich habe niemanden ermordet." Etienne schaute Claire verzweifelt an. „Ich glaube Dir, Etienne - sonst wäre ich nicht hier."

„Die Polizei sagt, Du wärst an den Tagen, als die Morde geschahen, in Nantes gewesen. Stimmt das?" „Ja. Ich war da. Hab mich mit Freunden getroffen." „Hast Du der Polizei davon erzählt? Deine Freunde können Dir doch sicher ein Alibi geben." „So einfach ist das nicht. Wenn ich meine Freunde da mit reinziehe, haben wir alle ein Problem." „Um Deine Freunde zu schützen, lässt Du Dich wegen fünffachen Mordes lebenslang einsperren? Ich verstehe das nicht. Warum können Dir Deine Freunde nicht helfen?" Claire schaute Etienne eindringlich an. „Claire, meine Freunde und ich sind da an einer großen Sache dran. Mehr kann ich nicht sagen." „Etienne. Ich will Dir helfen. Du musst mir alles sagen. Ich werde nicht zusehen, wie Du hier im Gefängnis verrottest. Aber, wenn das Deine Entscheidung ist? Ich werde nicht 30 Jahre lang auf Dich warten!" Claire setzte ihm sprichwörtlich die Pistole auf die Brust. Sie hoffte, das zieht bei ihm.

Etienne machte eine lange Pause. Dann rutsche er auf dem Stuhl etwas näher zu ihr rüber und fing an zu flüstern: „Das muss aber unter uns bleiben. Davon darf niemand erfahren, Claire. Versprich mir das bitte." „Ja, okay. Versprochen." „Wir sind zu fünft und nennen uns Pentabyte - Oktopus, Charlie, Tron, Warhammer und Yoda. Wir haben uns in einige Rechenzentren gehackt und diverse brisante Dokumente heruntergeladen." „Und wer bist Du?" „In Hackerkreisen nennt man mich Oktopus." Etienne erzählte Claire alles Wichtige, was sie über die Gruppe wissen musste. Über die verschiedenen Firmen, die sie gehackt hatten, in welchen staatlichen Einrichtungen sie Dokumente erbeutet hatten, und, und, und. Claire sah Etienne fragend an: „Wenn das so ist, dann kannst Du Dich ja glücklich schätzen, dass Du nur 30 Jahre bekommst." Etienne schaute sie kopfschüttelnd an. „Na, wenn das rauskommt, dann ist Dein Leben nichts mehr wert. Dann bleibst Du für immer im Knast.“ flüsterte sie. „Ich will Dir helfen. Wir komme ich an Deine Freunde ran?“ „Fahre nach Nantes zum Hafen, Eingang 42, ein Bunker im Keller, frag nach Charlie. Charlie kann helfen.“

„Die Besuchszeit ist um. Sie müssen jetzt gehen Mademoiselle.“ Der Beamte zog Etienne am Arm hoch und brachte ihn zur Tür.

„Sag Charlie, ich habe ein INACCESSIBLE BOOT DEVICE!!!“ Das war das letzte, was sie von Etienne hörte. Was meinte er? Claire konnte damit nichts anfangen. Der Beamte verschwand mit ihm und die Tür fiel ins Schloss. Sie konnte sich noch nicht einmal von ihm verabschieden. Claire saß noch einen Moment auf dem Stuhl und dachte über all das nach, was Etienne ihr eben anvertraut hatte. Das klang alles sehr verworren und gefährlich.

Auch auf dem Nachhauseweg gingen Claire viele Dinge durch den Kopf. Was hatte Etienne alles angestellt? Wo ist er da reingeraten? In der

Wohnung angekommen, wollten die beiden Mädels alles wissen. Claire sagte, sie hätte keine Zeit und verschwand in ihrem Zimmer.

Sie startete ihr Notebook, öffnete den Browser und suchte im Internet nach Pentabyte, Oktopus und den anderen Infos, die sie von Etienne bekommen hatte. Sie fand nichts, rein gar nichts. Wie konnte sie nur an Informationen kommen? Irgendwo musste es doch Spuren von ihnen geben.

Claire hatte eine Idee. Sie klappte das Notebook zu und verließ die Wohnung. Ihr Ziel war die Uni - genauer gesagt - der Computerraum. Als sie dort ankam, brannte noch Licht. Die Nerds waren vor ihren Bildschirmen wie festgewachsen. „Hallo zusammen." Die Nerds drehten sich zur Tür und sahen aus, als ob sie noch nie eine Frau von nahem gesehen hatten. Nach einer langen Pause sagte einer: „Du bist die Freundin von Etienne." Claire nickte und war dankbar, dass wenigstens einer der Jungs keine Hemmungen hatte, mit einem Mädchen zu sprechen. „Ja. Und er ist in Schwierigkeiten. Ihr müsst mir helfen."

Claire schaute in ihre Gesichter. „Okay. Und wie?" fragte der Mutige unter den Ängstlichen.

Sie fing an zu fragen: „Habt ihr schon einmal etwas über Pentabyte gehört? Über Oktopus und seine Freunde?" Die Jungs sahen sich erstaunt an. Diese Frage und dann auch noch von einem Mädchen gestellt, das war für sie unvorstellbar. „Woher weißt Du davon?" Claire winkte ab: „Insiderwissen." Die Jungs waren baff. Claire unterbrach die Pause: „Könnt ihr nicht mehr sprechen?" „Doch." Der Mutige stand von seinem Stuhl auf. „Pentabyte ist, mit Verlaub gesagt, eine der größten Hackergruppen im Land. Und Oktopus ist der Kopf des Ganzen. Es ranken sich diverse Geschichten um ihm und seine Gruppe. Oktopus und Pentabyte sind legendär. Wenn Hacken eine olympische Disziplin wäre, dann wären sie der ewige Sieger. Man müsste ihnen ein Denkmal bauen." Er war sichtlich gerührt. „Ich kann aber nichts von alledem im Internet finden." wunderte sich Claire. „Im Internet, so wie Du es kennst, findet Du auch nichts über sie. Du musst ins Darknet gehen. Komm, ich zeige Dir wie." Der

Mutige winkte sie an seinen Computer. „Du musst auf Deinem Rechner den Tor-Browser installieren.“ „Wo bekomme ich den her?“ „Den bekommst Du im Netz auf den Downloadseiten der Computermagazine. Ich zeige Dir noch, wie man dort sucht. Das ist im Darknet etwas anders als im Internet. Die Adressen der Suchmaschinen drucke ich Dir aus.“ Der Drucker neben Claire fing sofort an zu drucken.

Claire nahm die Blätter entgegen und ging mit wehendem Kleid zur Tür. Sie drehte sich noch einmal mit einem Lächeln um und sagte: „Jungs, ich danke Euch.“ Dann schaute sie noch einmal in ihre Gesichter und in ihre hoffenden Blicke.

Zu Hause angekommen, ging sie gleich in ihr Zimmer. Ines kam zu ihr: „Was ist los mit Dir, Claire?“ „Ich habe keine Zeit, Ines. Ich muss Etienne retten.“ „Wo warst Du?“ wollte Ines wissen. „Ich war bei den Nerds - hatte einige Fragen.“ „Soo?“ Ines zeigte auf Claires Outfit: „Du bist in diesem luftigen, kurzen Kleid und mit den hohen Schuhen zu den Nerds gegangen? Na, da werden die Jungs jetzt für eine lange Zeit sehr aufgeregt sein.“ Claire schaute an sich herunter und stellte fest: „Ich konnte da keine Rücksicht drauf nehmen. Da müssen die Jungs jetzt durch.“ Claire und Ines mussten lachen.

Danach schaltete Claire ihr Notebook ein, installierte den Tor-Browser und gab die Adresse der Suchmaschine ein. Ins Suchfeld schrieb sie den Begriff Pentabyte hinein, drückte auf Enter und der Bildschirm füllte sich mit etlichen Hinweisen und Links. Diese führten zu weiteren Seiten, auf denen Infos zur Hackergruppe geschrieben standen. Die Gruppe schien einiges an Anerkennung im Netz zu bekommen. Viele wünschten sich für Pentabyte ein Denkmal. Andere würden sich der Gruppe gerne anschließen. Auf anderen Seiten wurden die „Erfolge“ der Hacker gefeiert, ohne groß ins Detail zu gehen.

In den nächsten Stunden trug sie alles zusammen, was sie über Etienne und seine Freunde finden konnte. Sie vermied es, Ausdrucke zu machen, um keine Spuren zu hinterlassen. Dank ihres fotografischen

Gedächtnisses konnte sie sich sehr viel davon merken.

Am Mittwochmorgen kam Claire in die Küche. Julie und Ines saßen bereits beim Frühstück. „Na, Madame Bond. Waren sie erfolgreich?" Ines lächelte Claire an. „Ja, Moneypenny. War ´ne lange Nacht. Ich muss heute noch nach Nantes." Claire sah sichtlich müde aus. „Du kannst heute nicht verreisen." „Warum nicht, Julie?" „Wir schreiben morgen von 9 bis 13 Uhr eine Klausur in Psychologie." „Ooh, Mist. Daran habe ich überhaupt nicht gedacht. Dann muss seine Rettung eben noch einen Tag warten." Claire hatte im Moment so gar kein Zeitgefühl mehr.

Claire und Julie gingen den ganzen Mittwochnachmittag den Stoff für die Klausur durch. Am Donnerstag, nachdem die Klausur abgegeben war, kam Claire nach Hause und packte einige Sachen in den Koffer. „Wie lange bleibst Du in Nantes?" Julie machte sich Sorgen. „Kann ich noch nicht sagen. Ich weiß noch nicht einmal genau, wo ich suchen muss." „Bitte melde Dich öfters bei uns." „Ja. Mach ich, Julie."

Zugticket und Taxi waren wieder schnell bestellt. Dann ging es zum Bahnhof. Claire hatte da schon eine gewisse Routine. Jetzt saß sie wieder im Zug nach Nantes. Beim ersten Mal war es wegen ihrer Großmutter, die gestorben war und jetzt war sie wegen Etienne auf dem Weg dorthin.

Was würde Claire dort erwarten?

Bekam sie Antworten?

Konnten die Freunde Etienne helfen?

KAPITEL 5
Pentabyte

In Nantes angekommen, checkte Claire in einer kleinen Pension ein. Es war schon spät. Sie wollte heute Abend früh zu Bett gehen. Die letzten Nächte zehrten doch sehr an ihren Kräften. Claire machte sich bettfertig. Als sie im Bett war, dachte sie an Etienne und wie er wohl jetzt auf der Pritsche in seiner Zelle lag. Sie sehnte sich nach ihm. Ihre Augen wurden feucht. In dieser Nacht schlief Claire sehr unruhig.

Am nächsten Morgen frühstückte Claire ausgiebig, denn sie wusste nicht wie lange es dauerte, die Freunde von Etienne zu finden. Sie rief sich ein Taxi. Die Fahrerin fragte sie wohin es gehen sollte. Als Claire ihr das Ziel nannte, drehte sich die Fahrerin zu ihr um: „Sie wollen wirklich zum Hafen? Das ist eine zwielichtige Gegend und kein guter Ort für eine Frau." „Ich muss dahin, jemanden retten." „Sind ... sind Sie eine Geheimagentin?" Claire lächelte und musste an

Ines denken. „So ähnlich. Aber - verraten Sie mich nicht.“ Claire zwinkerte der Taxifahrerin zu.

Als das Taxi nahe des Eingangs 42 hielt, war Claire doch ein wenig unruhig. Die Fahrerin drehte sich wieder zu ihr um. „Soll ich auf Sie warten?“ „Nein, das wird länger dauern. Und ich weiß nicht wie es ausgeht.“ Claire gefiel das Agentenspiel sichtlich gut. „Bringen Sie sich lieber in Sicherheit.“ Sie zahlte und stieg aus dem Wagen aus. Die Fahrerin wünschte ihr noch viel Erfolg. Dann verschwand das Taxi.

Claire ging in Richtung des Gebäudes mit dem Schild Eingang 42. Dann stand sie vor der Stahltür und sah sich noch einmal um. Sie legte ihre Hand auf den Türgriff, atmete tief ein und öffnete langsam die quietschende Tür. Ihr Herz schlug ihr bis zum Hals. Warum mussten diese Dinger immer so einen Krach machen. Claire ging vorsichtig in die Halle hinein. Es roch ein wenig modrig, nach nassen Wänden. Ihre Augen mussten sich erst an die Dunkelheit gewöhnen. Sie schaute sich um. In dem großen Raum standen etliche Kisten und es war hier sehr staubig. Hinten rechts war die einzige Treppe nach unten. Etienne hatte ihr gesagt, das Hauptquartier der Gruppe läge in einem Bunker im Keller. Dort musste es sein.

Sie ging leise und langsam die Stufen der Betontreppe hinunter. Unten angekommen stand sie wieder vor einer Stahltür. Diese war aber gut geölt und sehr leise. Hinter dieser Tür war ein etwa 4 mal 4 Meter großer Raum mit drei weiteren Türen. Claire vermutete die Freunde von Etienne hinter der mittleren Tür. Sie atmete noch einmal durch und klopfte an die Tür. Nichts. Sie drückte die Klinke herunter und zog an der Tür. Sie war verschlossen. Also klopfte sie noch einmal, diesmal aber energischer. Hinter der Tür hörte sie Geräusche und Stimmen. Claire trat zurück. Die Tür wurde von einem sehr großen Mann geöffnet. „Was willst Du?“ fragte sie der Riese mit einer sehr tiefen Bassstimme. „Ich möchte zu Charlie.“ gab sich Claire etwas unsicher. „Hier gibt es keinen Charlie. Verschwinde.“ Der Riese wollte die Tür gerade wieder zuziehen. Claire stellte ihren Fuß schnell zwischen Tür und Wand „Nein. Es ist wichtig!“ Sie hat wieder etwas Mut gefasst. Im nächsten Moment aber sackte ihr Herz in die Hose.

Claire spürte etwas Kaltes, metallenes an ihre Schläfe. „Wer bist Du?“ fragte jetzt eine Frauenstimme von der Seite. Sie nahm ihren restlichen Mut zusammen: „Ich bin Claire. Und ich muss Charlie sprechen! Es ist wichtig! Lebenswichtig! Oktopus schickt mich. Er steckt in Schwierigkeiten.“ „Leg sie um, sie weiß zu viel.“ sagte der Mann mit der tiefen Stimme. Claire hörte ein metallisches Klicken. Sie hörte sich jetzt energisch sprechen: „Stopp! Hört mich erstmal an. Erschießen könnt ihr mich danach immer noch.“ Claire war über sich mehr als erschrocken. Das hätte selbst 007 nicht besser sagen können.

Die Frau sagte: „Wo sie recht hat ...?! Fang an!“ Claire holte tief Luft und begann zu berichten: „Ich bin Claire. Etiennes - Oktopus Freundin aus Paris. Er wurde letzten Donnerstag verhaftet.“ „Warum?“ fragte die Frauenstimme. Claire machte weiter: „Hier in Nantes wurden in der letzten Zeit mehrere Frauen ermordet.“ „Ja, und?“

fragte der große Kerl gleichgültig. „Oktopus hat sich hier mit Euch getroffen und zur gleichen Zeit wurde jedes Mal in der Nähe Frauen umgebracht. Sein Handy war immer in den gleichen Funkzellen eingebucht, in denen die Morde passiert sind. Er hat für die Tatzeiten kein Alibi, es sei denn, ihr könnt ihm eins geben." „Leg sie endlich um, sie weiß zu viel." wiederholte der Mann seinen Wunsch. Claire war am Ende und schrie: „Etienne braucht Eure Hilfe. Ich soll Euch ausrichten, er ... er hat ein ... INACCESSIBLE BOOT DEVICE. Ich muss mit Charlie sprechen! BITTE!"

Das schien wohl ein spezieller Code zu sein. Die Frau nahm die Pistole runter: „Ich bin Charlie." Claire war gerade sehr angespannt und richtig sauer. Sie drehte sich zu Charlie um und stieß sie heftig gegen die Tür. „Du spinnst wohl, mir eine Waffe an den Kopf zu halten. Wer glaubst Du, wer Du bist?" Claire wollte gerade ihre Faust in Charlies Gesicht schlagen, da packte sie der Bass unsanft am Handgelenk. „Du tust mir weh, Du Riesenbaby! Lass mich sofort los!" „Erst, wenn Du

Dich beruhigt hast.“ sagte der Mann jetzt mit sanfter Stimme. Claire schloss die Augen, atmete langsam ein und wieder aus: „Okay. Tut mir leid.“ Der Riese ließ Claires Arm los. Sie rieb sich das schmerzende Handgelenk.

„Komm mit!“ Charlie zeigte auf die Tür. Sie gingen hinein. Der ganze Raum war mit Computern und Monitoren vollgestellt. Es war hier sehr warm. Hinter den Monitoren schauten zwei Köpfe hervor. Etiennes Freunde kamen auf Claire zu. Claire sah sich die Gruppe an. Charlie kannte sie bereits. „Du musst Warhammer sein, so wie Du zufassen kannst.“ Der Riesenbass nickte nur. „Ich bin Tron.“ ein großer Rotschopf steckte ihr die Hand hin. „Dann bist Du Yoda.“ wandte sich Claire an den letzten in der Runde. „Recht, Du hast, mein junger Padavan.“

Claire war immer noch aufgeregt wegen der Pistole: „Das mit der Waffe fand ich überhaupt nicht gut, Charlie.“ „Schätzchen, ich hoffe, Du hast Dir nicht ins Höschen gemacht.“ Charlie war richtig schräg drauf. Sie würde sich mit Ines prächtig verstehen. „Das ist ein Feuerzeug, Süße.“

Charlie hielt die Mündung nach oben und - klick - kam eine kleine Flamme hervor. „Was hättest Du gemacht, wenn ich von der Polizei gewesen wäre. Dann hätte ich mit Sicherheit Verstärkung dabeigehabt und Du wärst möglicherweise erschossen worden." „Ein bisschen Risiko ist überall dabei." Charlie zuckte mit den Schultern. Die vier lachten laut.

Tron erklärte Claire: „Wir haben gesehen, dass Du alleine gekommen bist. Es sind überall Kameras installiert, draußen ums Gebäude herum und oben in der Halle. Weiterhin haben wir Bewegungsmelder, die auf 50 cm genau anzeigen, wo sich jemand befindet. Und die Stahltür oben quietscht nicht umsonst. Wir haben also alles im Griff."

„Jetzt erzähl uns mal ganz genau, was mit Oktopus passiert ist." Warhammer zeigte auf die Sitzgruppe. Sie setzten sich. Claire berichtete, was in Paris passiert war. Wie der Mord geschah, dass Etienne - Oktopus - verhaftet wurde, weil er angeblich keine Alibis für den Mord in Paris und die vier Morde hatte, die in Nantes geschehen sind. Sie berichtete weiter, was Etienne ihr über die Gruppe gesagt hatte und was sie alles angestellt hatte, um die Informationen über Pentabyte zu bekommen. Wie sie zuerst im Internet gesucht und dann wichtige Informationen bei den Nerds bekommen hatte. „Die Jungs waren schwer beeindruckt von Euren Taten. Sie hatten richtig *‚Pippi'* in den Augen, als sie darüber sprachen. Ich habe dann so einiges im Darknet über Euch gefunden. Sie wollen Euch ein Denkmal bauen. Ihr seid legendär."

„Na ja, Wir machen da halt so unser Ding." sagte Charlie. „Was habt Ihr denn alles so gemacht?" Claire war neugierig: „Darüber habe ich nämlich nichts gefunden." „Nicht alles wissen, Du musst." Yoda wischte langsam mit seiner Hand durch die Luft. Claire schaute Yoda mitleidig an. „Das wirkt bei mir nicht, mein kleiner grüner Freund." „Nur bei den geistig Schwachen, es wirkt." sagte Yoda kleinlaut.

Claire wandte sich an Charlie: „Hast Du keine Probleme als Frau mit vier Männern? Warst Du mal mit Etienne zusammen?" „Unsere Charlie macht sich nicht aus Männern." erklärte Tron. „Stimmt. Frauen finde ich viel interessanter." Charlie sah Claire mit heißem Blick an. Was finden Frauen so Interessantes an mir, dachte sich Claire.

„Was habt ihr denn gerade so am Laufen?" bohrte Claire neugierig weiter. „Wir sind da an etwas sehr Brisanten dran. Mehr brauchst Du nicht zu wissen, Claire." Charlie war da sehr bestimmt. Tron dagegen war sichtlich erfreut, dass sich da jemand für die Arbeiten von Pentabyte interessierte. Und Claire war ja nicht bei den Bullen. Sie war die Freundin von Oktopus.

„Die Firmen, die wir - sagen wir mal - besucht haben, sind nicht auf negative Publicity aus. Deswegen gibt es zum Glück auch keine Anzeigen. Ansonsten würden wir alle gesiebte Luft atmen." Tron war da sehr gesprächig.

Er ging zu den Tischen mit den Rechnern und winkte Claire zu sich heran. „Die hier sind für die Überwachung oben zuständig. Diese hier ..." er deutete zu einem anderen Tisch „... saugen gerade wichtige Dateien von unseren *‚Kunden‘* ab.“ Claire sah sich die Bildschirme an. In einigen der Fenster liefen Zeilen mit Programm-Code, Dateinamen und Positionsangaben durch. Sie sah einige Stichworte: Zentralbank, Regierung, Nachrichtendienst. All das machte Claire große Angst. Sie ließ sich aber nichts anmerken.

Claire lenkte das Thema wieder in Richtung Etienne. „Ihr müsst ihm helfen. Ihr wart mit ihm zusammen. Nur ihr könnt ihm ein Alibi geben. Ihr müsst einfach nur zur Polizei gehen und eine Aussage machen.“ „Nein. Das geht nicht. Wenn wir zur Polizei gehen, buchten die uns ein.“ stellte Warhammer fest. „Aber ... Ihr müsst ihm helfen. Er wird für Morde verantwortlich gemacht, die er nicht begangen hat und muss für viele Jahre ins Gefängnis. Nur ihr könnt das aufklären.“ „Claire. Wir haben uns damals, als wir damit angefangen haben, geschworen, dass wir uns untereinander niemals verraten. Wenn einer von uns in Schwierigkeiten ist, zählt die Gemeinschaft mehr als der Einzelne. Das weiß auch Oktopus. Er würde genauso handeln. Wir können ihm also nicht helfen. Da muss er allein durch.“ Charlie blieb hart.

„Ihr lasst ihn einfach über die Klinge springen?“ Claire war fassungslos. „Was seid ihr nur für Freunde.“ Sie schüttelte den Kopf und ging wortlos zur Stahltür. Die vier schauten ihr nach. Yoda kam ihr hinterher: „Helfen Du ihm musst, Claire.“ „Ich versuche es.“ Claire war verzweifelt. „Tue es oder tue es nicht. Es gibt kein Versuchen.“ sprach Yoda.

Claire ging langsam und mit schweren Schritten die Treppe hoch und dann in Richtung der quietschenden Eingangstür zurück. Sie trat nach draußen ins Sonnenlicht und atmete mehrmals tief ein und aus. Dieses Treffen hatte nichts gebracht - so rein gar nichts. Claire war enttäuscht, von sich und von Etiennes Freunden im Bunker. Solche Freunde wünscht man nicht mal seinem ärgsten Feind.

Jetzt musste sie nur noch in die Pension kommen. Das bedeutete mehrere Kilometer Fußmarsch bis dorthin. Sie sah sich um. In einer Seitenstraße entdeckte sie die Motorhaube eines Taxis. Es setzte sich gerade in Bewegung. Am Steuer war die Fahrerin von vorhin.

Der Wagen hielt neben Claire an. Das Fenster der Beifahrerseite wurde geöffnet und die Frau am Steuer fragte: „Kann ich Sie ein Stück mitnehmen?“ Claire nickte dankbar. Sie setzte sich nach hinten in den Wagen. „Haben sie die ganze Zeit auf mich gewartet?“ „Nein. Das Taxameter hatte ich ausgestellt. Ich habe eine Pause gemacht. Und außerdem konnte ich sie hier nicht alleine lassen.“ „Danke. Sie sind ein Schatz.“ Claire hatte Glück im Unglück.

Im Hotel angekommen ging sie in ihr Zimmer. Sie packte und checkte an der Rezeption aus. Der Bahnhof war gleich um die Ecke. Den Weg ging sie zu Fuß. Vielleicht bekam sie dadurch den Kopf frei. Im TGV hatte sie wieder einen Platz am Tisch. Claire hoffte, Nantes nun endgültig hinter sich zu lassen. Der Mord an ihrer besten Freundin und die Gleichgültigkeit von Etiennes Freunden setzten ihr zu. Lag es vielleicht an ihr, dass alles aus dem Ruder lief?

Sie versuchte zu schlafen. Zunächst fand sie auch ein wenig Ruhe. Aber dann hörte sie eine Stimme, eine - ihr bekannte Stimme. Claire öffnete die Augen und sah schräg gegenüber am Tisch die Frau vom letzten Mal. Die Mitvierzigerin telefonierte wieder ausgiebig. Wahrscheinlich mit ihrer jungen blonden Freundin. Claire überlegte, wie auch schon beim letzten Mal, wo sie diese Frau schon mal gesehen hatte. Es wollte ihr partout nicht einfallen. Claire fragte sich, was eine Psychologin über dieses Phänomen sagen würde. Sie überlegte. Wenn man sich zu 100 Prozent sicher ist, etwas zu wissen, und es fällt einem einfach nicht mehr ein, dann kann es eigentlich nur eine Verdrängung sein. Die Seele blendet etwas bewusst aus. Aber was ist es? Claire zermarterte sich ihren Kopf, aber kam einfach nicht darauf.

Im Pariser Bahnhof angekommen, ließ Claire die Frau zuerst aus dem Zug aussteigen. Sie wollte nicht noch einmal von ihr fast umgerannt werden. Woher kannte sie diese Frau bloß? Es war zum Verrückt werden. Sie musste sich erinnern. Claire hatte das ungute Gefühl, dass diese Information noch einmal wichtig werden würde.

Zu Hause angekommen, wollten Julie und Ines alles wissen: „Hast Du Etiennes Freunde gefunden? Was haben sie gesagt? Können sie ihm helfen?“ Claire schüttelte ihren Kopf: „Seine Freunde könnten ihm helfen, aber sie haben Angst zur Polizei zu gehen.“ „Warum? Sie können ihn doch nicht so ohne weiteres im Stich lassen.“ Ines verstand die Welt nicht mehr. Claire versuchte es, so gut es geht, zu erklären: „Sie machen Dinge, die ... die nicht ganz legal sind. Wenn sie zur Polizei gehen und eine Aussage machen, werden sie verhaftet.“ „Schwere Jungs?“ Ines wurde jetzt richtig neugierig. „Und ein schweres Mädchen.“ Claire biss sich auf die Zunge. „Echt? Cool! Mädchen-Nerds finde ich voll sexy.“ Ines wollte jetzt nur noch mehr wissen. Claire wollte nicht zu viel über Pentabyte preisgeben. „Sie haben sich damals geschworen, die Gruppe über den Einzelnen zu stellen. Wenn einer von ihnen in Schwierigkeiten ist, muss er da allein durch.“ „Voll krass.“ Ines konnte es nicht fassen.

„Und das Nerd-Mädchen ist nicht ungefährlich. Sie hat mir eine Waffe an den Kopf gehalten. Ich hätte mir fast in die Hose gemacht.“ Claire dachte über den Morgen nach. Was wäre, wenn Charlie eine richtige Pistole gehabt und geschossen hätte. Dann würde sie nicht hier sitzen, dann hätte ihr Leben in Nantes ein Ende gefunden. Sie wäre wieder mit ihrer Freundin Penelope vereint. Claire wurde sehr nachdenklich.

Wer aber, kümmerte sich dann um Etienne - um seine Freilassung. Sie konnte ihn nicht im Stich lassen. Nur, wie sollte sie das anstellen - allein. Ohne das Alibi, das Etienne von Pentabyte bekommen könnte, war es aussichtslos.

KAPITEL 6
Sofia

Die nächsten Tage und Wochen waren wieder geprägt durch Vorlesungen, Hausarbeiten und den dienstäglichen Besuchen im Gefängnis. Claire konnte Etienne auch beim heutigen Besuch nicht dazu überreden, seine Freunde ins Spiel zu bringen. Er wollte sie nicht verraten, er würde sich für Pentabyte opfern. „Willst Du wirklich für mehr als dreißig Jahre ins Gefängnis gehen? Für Morde, die Du nicht begangen hast? Und was ist mit uns? Ich werde nicht all die Jahre auf Dich warten. Ich habe mir da ein anderes Leben mit Dir vorgestellt.“ Claire sah ihren Freund fragend und fordernd an.

Etienne blieb hart: „Ich kann sie nicht verraten. Es ist zu wichtig. Wenn ich meine Freunde erwähne, dann gehen sie auch für eine lange Zeit in den Bau. Wir haben uns geschworen …“ „Ja. Ja. Ihr und Euer Schwur. Hier geht es um wichtigeres, als um Eure Gruppe. Hier geht es um Dich - und um uns. Spielt das in Deinem Leben keine Rolle?“ Claire setzte jetzt alles auf eine Karte - auf ihren letzten Trumpf. Etienne schwieg weiter.

„Wenn das so ist ...“ sagte Claire mit tränenunterdrückter Stimme „... dann habe ich Dich heute das letzte Mal besucht. Ich kann das nicht. Dich hier zu sehen, wo ich doch mit Dir da draußen zusammen sein will. Ich möchte mehr vom Leben, als Dich jeden Dienstag nur für 20 Minuten zu sehen. Ich kann das nicht mehr!“ Sie sah ihn durch ihre Tränen nur noch verschwommen. „Leb wohl, Etienne.“ Sie stand von ihrem Stuhl auf, drehte sich um und ging zur Tür.

„Claire, Claire bitte bleib!“ Etienne wachte aus seiner Lethargie auf. Doch Claire reagierte nicht auf sein Rufen. Sie ging durch die Tür, die hinter ihr geräuschvoll ins Schloss fiel.

Im Flur musste sie sich erstmal setzen. Sie zitterte am ganzen Körper. Hatte sie das wirklich getan? Hatte sie sich gerade von Etienne getrennt? Von dem Mann, in den sie sich beim ersten Blickkontakt verliebte? Mit dem sie sich eine Zukunft vorstellen konnte? Ja. Sie hatte gerade mit ihm Schluss gemacht.

Den Weg zurück realisierte Claire nicht. Nicht, wie sie vom Gefängnis zur Metro ging, die Fahrt mit der U-Bahn und die pöbelnden Jugendlichen, der Weg zur Wohnung. Als Claire wieder in der Wohnung angekommen war, fühlte es sich an, als ob sie einen Filmriss hatte.

Julie und Ines schauten sich sehr betroffen an. Claire brauchte jetzt ihre Nähe, ihre Unterstützung. Das spürten die beiden sofort. „Komm, setz Dich.“ Ines führte Claire ins Wohnzimmer. Julie kam mit einem Tee und nahm auch Platz. „Was ist los? Ist etwas passiert?“ Julie war wieder sehr besorgt.

„Etienne will seine Freunde nicht bei der Polizei erwähnen. Damit hat er keine Alibis für die Morde in Nantes. Er nimmt alle Schuld auf sich, um seine Freunde nicht zu verraten. Dann muss er für 30 Jahre ins Gefängnis." sagte Claire schwach. „Und was machst Du jetzt?" fragte Ines.

„Nichts. Ich kann gar nichts machen. Er ist so ein Dickschädel. Stur wie ein Esel. Ich kann nicht mehr. Wenn ich daran denke, dass ich solange von ihm getrennt sein soll, dass - das kann ich einfach nicht." „Und jetzt?" Ines schaute ratlos.

Claire sah ihre beiden Freundinnen an: „Ich habe mich heute von Etienne getrennt." Claire spürte wieder Tränen in ihren Augen. „Von dem Mann, mit dem ich mir eine Zukunft vorstellen könnte. Den ich über alles liebe." Claire schluchzte hemmungslos. Ihre Freundinnen kamen zu ihr aufs Sofa, nahmen sie in ihre Mitte und umarmten sie wortlos.

In den nächsten Tagen sprach Claire nicht viel. Sie stürzte sich in den Lernstoff und hoffte, dass würde sie ablenken. Das klappte manchmal, aber eben nicht immer. Als der nächste Dienstagnachmittag kam, war sie sehr nachdenklich. Es war das erste Mal, dass sie Etienne nicht besuchte. Was macht er jetzt? Wie ging es ihm - mit dieser Entscheidung von Claire? Hatte sie das Richtige getan?

Am Freitag in der Vorlesung für Psychologie war der Platz neben Claire frei. Sofia war nicht da. Sie saßen in den Vorlesungen immer zusammen. War sie krank? Claire hatte wegen ihres seelischen Ausnahmezustandes so rein gar nichts mitbekommen. Sie fragte in der Pause die anderen, ob sie etwas wussten.

Als Claire dann mittags in die Mensa ging, sah sie die beiden Kommissare. Sie waren auf dem Weg ins Büro der Uni-Präsidentin. Claire hatte einen Kloss im Hals. Es schnürte ihr die Luft ab. Was war passiert? Ging es um Sofia? Hatte das Phantom wieder zugeschlagen?

Sie setzte sich mit ihrem Tablett an einen der Tische. So richtig schmecken wollte es ihr aber nicht. Sie stocherte mit der Gabel auf dem Teller herum. Claire hörte die Stimmen der Studenten an den anderen Tischen, wie sie tuschelten: „Hast Du schon gehört. Die Polizei ist wieder da. Eine Studentin wird vermisst. Sofia, glaube ich. Meinst

Du sie ist tot, so wie Olivia?“

Claire bekam keinen Bissen herunter. Sie stellte das Tablett in den Ablagewagen und verließ die Mensa. Auf einem der Flure traf sie die beiden Kommissare. „Hallo Claire. Wie geht’s?“ Christine Bernard baute sich vor ihr auf. „Hallo Christine. Wie soll’s mir schon gehen, wenn zwei Kommissare der Mordkommission in die Uni kommen. Die Gerüchte sagen, dass wieder ein Mord geschehen ist.“ „Ja. Leider kommen wir wegen Sofia Morel. Sie wird vermisst.“ „Sie ist tot, oder?“ Claire sah Christine fragend an. Christine nickte nur.

„Wir möchten Sie bitten, am Montagnachmittag zu uns ins Präsidium zu kommen. Dann können wir ihre Aussage aufnehmen.“ bestimmte Kommissar Robert. „Ja. Bis Montag.“ Claire fühlte sich wie in einem Hamsterrad. Hörte das denn nie auf? Wie viele Frauen mussten noch sterben?

Nach der Mittagspause hatte sie noch das Fach Forensik. Seitdem Etienne im Gefängnis war, hatte einer der anderen Nerds den Unterricht übernommen. Das war aber nicht das Gleiche. Etienne lockerte die Stunde immer mit kleinen Späßen auf und mit schwierigen Rätseln. Und Etienne und Claire konnten, wenn die anderen beschäftigt waren, Händchen halten oder sich schnell einen Kuss geben. Etienne fehlte ihr. Er fehlte ihr so sehr. Andererseits - sie konnte nicht so weiterleben. Etienne würde wegen der Morde lange im Gefängnis sein. Sie könnten sich nur einmal die Woche für 20 Minuten sehen. Wenn er entlassen würde, dann wäre er Mitte 50, Claire Anfang 50. Der schönste Teil des Lebens wäre dann vorbei. An eine Familie, die Claire sich mit Etienne hätte vorstellen können, wäre da nicht mehr zu denken.

Claire ging nach dem Forensik-Unterricht nachdenklich nach Hause. Ihr gingen so viele Dinge durch den Kopf. Aber eine Idee, die Etienne aus dem Gefängnis holen könnte, war nicht dabei. Da müsste schon ein Wunder geschehen.

Julie und Ines waren bereits zu Hause. Die drei setzten sich ins Wohnzimmer und redeten über den Vorfall. Wurde Sofia genauso ermordet, wie

Olivia, Penelope und die anderen jungen Frauen? „Wer macht sowas? Frauen vergewaltigen und umbringen? Man traut sich ja kaum noch aus dem Haus." Julie machte ihrer Angst Luft. Ines sprach es aus: „Das ist ein Frauenhasser. Ein Monster." Sie schaute Claire und Julie an und sagte: „Lasst uns hier und jetzt etwas versprechen. Wenn wir in den Clubs unterwegs sind, dann gehen wir gemeinsam hin und auch wieder gemeinsam zurück." Alle drei Freundinnen nickten sich zu: „Versprochen!"

„Sag mal, Claire, diesen Mord an Sofia kann Etienne gar nicht begangen haben. Er sitzt ja im Gefängnis und hat ein bombensicheres Alibi." ermittelte Ines. „Ja. Stimmt. Ich muss Montagnachmittag zur Befragung ins Polizeipräsidium, das werde ich da gleich mal bei den Kommissaren ansprechen." Claire schöpfte wieder etwas Hoffnung.

Claire machte sich wieder ihre Gedanken über die ganzen Vorfälle. Sie ging nochmal alles durch. Die vier Morde in Nantes, der frauenfeindliche Kommissar Hugo Michel, ihre beste Freundin

Penelope, die Morde an Olivia und Sofia in Paris, den Vorfall mit dem SUV, bei dem sie fast überfahren wurde und die Festnahme ihres Freundes Etienne. Und nicht zu vergessen, die Frau Mitte 40 aus dem Zug, die mit der jungen blonden Frau zusammen war.

Hatte sie etwas übersehen? Ja. Sie wusste immer noch nicht, wo sie die Frau aus dem Zug schon einmal gesehen hatte. Irgendwoher kannte sie diese Frau. Naja. Kennen ist vielleicht übertrieben, aber Claire war sich sicher, dass diese Frau der Schlüssel zum Ganzen - zum Phantom - war. Wenn sie nur wüsste, wie das alles zusammenhing? Claire konnte sich keinen Reim darauf machen.

Am Samstag hatte Julie beim Frühstück eine Idee: „Mir gehen diese Morde einfach nicht aus dem Kopf. Was ist, wenn wir Frauen demonstrieren?" „Wie meinst Du das, Julie?" fragten die beiden anderen fast gleichzeitig. „Was wäre, wenn alle Studentinnen am Montagmorgen um 09:30 Uhr die Vorlesungen verlassen und sich auf dem Campus treffen, um für unsere Sicherheit zu kämpfen.“ „Das ist aber bis Montag sehr kurzfristig. Wie wollen wir bis dahin alle Frauen in der Uni erreichen?“ fragte sich Ines. Claire hatte da einen Einfall: „Ich frage mal unsere Nerds. Wartet mal. Das haben wir gleich.“

Sie nahm ihr Handy und wählte eine Nummer. Das Gespräch dauerte nicht lange. Claire hatte danach einiges zu berichten: „Die Jungs könnten alle Frauen per Mail erreichen. Dann wissen sie alle Bescheid. Wir müssen nur den Startschuss geben. Einen Text sollten wir ihm aber auf jeden Fall schreiben.“ „Dann hätten wir alle Frauen informiert. Wir brauchen aber noch Schilder und Banner, die wir hochhalten können.“ organisierte Julie weiter. „Das schreiben wir mit in die Mail, da kann sich jede am Wochenende etwas ausdenken.“ ergänzte Ines. Claire war noch nicht so ganz überzeugt: „Eine Demo an der Uni ist ja schön und gut, aber - wir müssen da mehr Aufmerksamkeit bekommen.“ Julie lächelte die beiden Freundinnen an: „Letztes Wochenende habe ich da einen süßen Jungen kennengelernt, der im Fernsehsender arbeitet. Den rufe ich gleich mal an. Dann kann ich außerdem gleich testen, ob er ein Angeber ist."

Die drei Mädels waren mit ihrer Organisation zufrieden. Der Text für die Mail war schnell geschrieben und an die Nerds weitergegeben und der süße Junge, den Julie kannte, war kein Angeber. Er konnte aber nicht versprechen, dass der Redaktionsleiter auf diesen Zug aufspringt. Er würde sich aber für Julie ins Zeug legen. Eine halbe Stunde später meldeten sich die Handys der drei Freundinnen gleichzeitig. Die Nerds hatten die Mail verschickt. Alle Studentinnen waren informiert.

Am Montagmorgen gingen alle drei ein wenig aufgeregt in die Uni. Auch zwischen den anderen Studentinnen war eine besondere Spannung zu spüren. Wenn alle dichtgehalten hatten, dann wussten die Professoren und alle Männer an der Uni nichts über diese Aktion.

Je näher der Termin heranrückte, desto unruhiger wurden die Studentinnen. Endlich war es soweit. Um 09:30 Uhr standen alle Frauen von ihren Plätzen auf und verließen wortlos die Vorlesungen. Die Professoren fragten nach dem Warum, bekamen aber keine Antwort. Die Flure füllten sich und die Frauen strömten auf den Campus. Schilder und Banner wurden in die Höhe gehalten und die Frauen skandierten: „HOLT EUCH DIE STRASSEN ZURÜCK! SICHERHEIT FÜR UNS!“ Ein Übertragungswagen stand auch am Rande des Campus. Mehrere Kameraleute verteilten sich. Reporter befragten die Studentinnen vor laufender Kamera nach ihrer Meinung zu den Frauenmorden in Paris. Julie musste vor Rührung weinen. Auch die männlichen Studenten mischten sich unter die Demonstrantinnen und machte sich lautstark bemerkbar. Zu guter Letzt waren auch die Professoren und sogar die Uni-Präsidentin mit dabei. An Unterricht war heute nicht mehr zu denken.

Den Termin bei der Polizei hätte Claire vor lauter demonstrieren fast vergessen. Am Nachmittag fuhr sie dann mit der Metro zur Polizei. Sie kam sich wie in einer Endlosschleife vor. Claire hoffte, dass sie aus diesem Alptraum schnellstmöglich aufwachte. Und sie hoffte, dass dann alles anders wird. Keine Morde mehr, kein Leid, nur Etienne und sie.

Claire meldete sich wieder beim Beamten am Eingang an. Er ließ sie durch und sie ging die Treppe nach oben zum Büro 2.03. Oben angekommen, klopfte sie an die Tür. Kommissarin Bernard bat sie herein: „Hallo Claire. Danke, dass Sie gekommen sind." „Hallo Christine." „Setzen Sie sich bitte. Wie geht es Ihnen, Claire?" „Nicht so gut. Wenn ich an die vielen toten Frauen denke, wird mir richtig schlecht." „Ja. Das ist schon heftig. Mir wird auch immer ganz anders, wenn ich den Bericht vom obduzierenden Arzt lese. Was die Frauen vor ihrem Tod noch alles durchmachen mussten. Das ist grausam."

Kommissar Robert kam vom Flur in das Büro, begrüßte Claire und setzte sich an seinen Schreibtisch. „Kannten Sie Sofia, Claire?" begann er die Befragung. „Naja. Kannten - ist zu viel gesagt. Wir haben in den Vorlesungen nebeneinander gesessen. Ich wusste, dass sie aus Paris kommt und im Norden gewohnt hat. Sie hat mir mal erzählt, dass ihre Eltern bei einem Autounfall ums Leben gekommen sind. Sie hat noch einem Bruder und eine Schwester. Viel mehr weiß ich nicht über sie." „Sie kannten die beiden Opfer also nur oberflächlich. Warum?" bohrte er weiter. Claire schüttelte den Kopf: „Was soll die Frage? Jeder hat so seinen Freundeskreis. Und die beiden zählten nicht dazu."

„Wie weit sind sie denn mit Ihrer Recherche gekommen, Herr Kommissar?" Claire stand vom Stuhl auf und ging zur Stellwand mit den Ermittlungsergebnissen. Sie stand lange davor und studierte die Bilder, Notizen und Berichte, die dort hingen. Sie sah, dass von Etienne keine Pfeile zu den beiden Frauen aufgemalt waren, die in Paris gestorben sind. Nur die vier jungen Frauen aus Nantes waren mit ihm verbunden.

„Glauben Sie wirklich, Herr Kommissar, dass mein Freund ein Mörder ist? Ich kenne ihn. Er macht so etwas nicht. Ich weiß es."

Kommissar Robert brachte jetzt folgendes ins Spiel: „Ihr Freund hat mit den Fällen in Paris nichts zu tun, die Morde in Nantes gehen aber auf sein Konto. Daher wird er am Mittwoch nach Nantes verlegt." „Was ...? Das können Sie nicht machen! Das - das geht nicht!" In Claire stieg Verzweiflung hoch. Christine mischte sich ein: „Claire, das haben nicht wir entschieden, sondern der Haftrichter. Sie können ihren Freund am Dienstagnachmittag noch einmal besuchen. Nicht nur 20 Minuten, sondern die ganze Stunde."

Claire wusste nicht, wie sie sich fühlen sollte - traurig, verzweifelt, wütend. Dieses Gefühl war irgendwie alles zusammen.

„Etienne ist unschuldig. Er hat niemanden umgebracht." Kommissar Robert stand von seinem Stuhl auf und stellte sich vor die Wand. Er tippte mit dem Zeigefinger auf die vier Obduktionsberichte aus Nantes und erwiderte: „Die Beweislage ist erdrückend, Mademoiselle Moreau."

„Sie glauben an diese vier Zettel, die dort an der

Wand hängen, Monsieur Robert?" „Ja. Die sind echt. Das Papier wird exklusiv an die Polizei geliefert und der Drucker, der diese Blätter bedruckt hat steht bei der Polizei in Nantes. Das sieht man hier an dem seitlichen Aufdruck und am Wasserzeichen." „Das mag ja alles sein, Herr Kommissar, dort steht ein Drucker vor dem Büro von Kommissar Hugo Michel. Dort lag auch so ein Stapel Briefpapier herum." Claire zeigte auf die Berichte. „Ich hätte damals solches Papier mitnehmen können, der Drucker ist unbeaufsichtigt, wenn der Kommissar nicht im Büro ist." „Worauf wollen Sie hinaus?" „Ich will damit sagen, dass diese Dokumente nicht echt sind." Claire war sichtlich gereizt.

„Diese Berichte sind aber echt. Verdammt noch mal." Kommissar Robert wurde jetzt ungehalten. „Das Briefpapier und der Drucker vielleicht, aber - haben Sie nur einmal in Erwägung gezogen, dass die Berichte Fälschungen sein könnten? Haben sie mal in diese Richtung recherchiert? Sie haben mir zu Anfang gesagt, dass sie in jede Richtung ermitteln. Oder denken Sie vielleicht, was von der Polizei kommt ist *‚per se‘* richtig?“ Claire kam jetzt richtig in Fahrt.

„Sie wirbeln hier alles durcheinander, Mademoiselle Moreau!“ Kommissar Robert setzte sich wieder an seinen Schreibtisch. „Sie behaupten Dinge, die sie nicht beweisen können.“ „Nein Herr Kommissar. Sie machen hier ihre Arbeit nicht richtig. Ein unschuldiger junger Mann sitzt hier im Gefängnis, weil sie nur das glauben, was Sie sehen wollen.“

„ES REICHT JETZT!“ der Kommissar hatte einen hochroten Kopf. „Sie beschuldigen uns, unsere Arbeit nicht zu erledigen? Sie machen der Pariser Polizei nur noch mehr Arbeit mit Ihrer bescheuerten Demo heute.“

„BESCHEUERTE DEMO?“ Claire war auf *‚180‘*. Sie baute sich vor dem Schreibtisch vom Kommissar Robert auf. „Wenn Sie das Phantom gefasst hätten, dann bräuchten all die Frauen nicht zu demonstrieren. Wissen Sie, was die Frauen da draußen denken, was sie fühlen? Die Frauen haben eine Scheiß Angst allein auf die Straße zu gehen. Sie haben Angst, das nächste Opfer zu sein."

Claire sah ein Bild von einer hübschen jungen Frau auf dem Schreibtisch des Kommissars. „Ist das Ihre Frau oder Ihre Tochter?" „Meine Tochter." erwiderte er. „Wie alt?" „18. Sie wohnt noch zu Hause." „Dann fragen Sie sie doch heute Abend mal, wie es ihr damit geht, ob sie auch Angst hat, allein unterwegs zu sein. Ich bin mal gespannt, was sie Ihnen antwortet."

Claire wartete nicht die Reaktion des Kommissars ab, sondern machte gleich weiter: „Die Frauen da draußen haben Angst, weil dieses Monster noch frei herumläuft. Und dann kommen auch noch die Vorurteile der anderen dazu: Die Frauen haben ja selbst schuld, wenn sie sich so anziehen, mit einem Kleid oder Rock. Manche Männer denken dann, diese Frauen wäre leicht zu haben. Ich habe auch ein Kleid an. Würden Sie mich deswegen vergewaltigen?"

Kommissar Robert schaute Claire an und sagte kleinlaut: „Nein. Natürlich nicht."

Claire war jetzt richtig in Fahrt: „Das muss endlich aufhören, dass einige Männer denken, sie können sich eine Frau nehmen - wie ... wie wenn man einen Apfel vom Baum pflückt! ES REICHT!" Claire schlug mit ihrer Faust auf Kommissar Roberts Schreibtisch. Er zuckte zusammen.

„Schnappen Sie das Monster. MACHEN SIE ENDLICH IHRE VERDAMMTE ARBEIT!!!"

Claire war außer sich. Sie drehte sich um, nahm ihre Jacke und die Handtasche vom Stuhl und ging wortlos durch die Bürotür auf den Flur. Die Tür fiel mit einem lauten Knall ins Schloss. Auf dem Flur griffen zwei Beamte nach ihrer Dienstwaffe. Sie dachten, es würde gerade geschossen.

Claire beeilte sich, aus dem Gebäude zu kommen. Sie wollte sich keine Standpauke von Kommissar Robert einfangen. Draußen angekommen, atmete Claire mehrmals tief ein und aus. Aber so schnell wollte sich ihr Kreislauf nicht beruhigen.

Im Büro war es lange still. Christine beendete die Pause: „Puh. Das hat gesessen." Sie ging zur

Stellwand, nahm die vier Obduktionsberichte aus Nantes ab und sprach: „Alain, ich bin mal in der KTU."

Der Kommissar war immer noch überrumpelt von Claires *‚Ansprache'*. Als Christine verschwunden war, griff er zu seinem Handy und wählte eine Nummer. „Hallo mein Schatz. Bist Du heute Abend zu Hause? Ich möchte mich mit Dir unterhalten." „Ja. Paps. Aber um 20 Uhr bin ich bei meiner Freundin."

Alain Robert erhob sich langsam von seinem Stuhl und stellte sich vor die Wand mit den Beweisen. Haben sie an alles gedacht? An wirklich alles? Nichts übersehen? So, wie es jetzt an dieser Wand aussah - so ohne die Berichte aus Nantes - hatte Claire da vielleicht doch Recht? War Etienne Richard nun schuldig oder nicht?

Christine kam zurück. „Und? Was sagen die Kollegen?" „Alain, die Kollegen sind schon schnell, aber zaubern können sie noch nicht. Sie brauchen mindestens eine halbe Stunde." Die beiden Kommissare ordneten die Beweise an der

Wand neu und besprachen neue Ideen.

Nach einer halben Stunde klingelte das Telefon von Christine. Sie ging ran und sprach mit dem Kollegen von der KTU. Dann legte sie den Hörer zurück und war sehr nachdenklich. „Was ist? Was haben die Kollegen herausgefunden?" Christine sah Alain lange an und berichtete ihm das Ergebnis der Untersuchung: „Auf den Blättern waren unsere Fingerabdrücke sichtbar. Wenn ein Kollege aus Nantes die Blätter in den Drucker legt, hinterlässt er auch Fingerabdrücke auf den Seiten. Da war nichts, rein gar nichts. Aber sie haben etwas anderes gefunden. Es sieht so aus, als wurden die Blätter in Nantes mit Gummihandschuhen in den Drucker gelegt. Es haben sich da schwache, Rückstände von Latex abgezeichnet. Was war da los? Sind diese Berichte echt? Wenn ja, warum hat sich da jemand die Mühe gemacht, die Blätter mit Handschuhen in den Drucker zu legen. Da passt was nicht, Alain!"

Christine stellte eine Frage in den Raum: „Was ist, wenn Claire Moreau vielleicht doch Recht hat?

Dann würde ein unschuldiger junger Mann wegen vierfachem Mord ins Gefängnis wandern. Und das Phantom könnte weiter seine blutige Spur durch Paris ziehen."

Kommissar Robert schüttelte nachdenklich den Kopf: „Wer sollte so etwas tun? Und - was hätte derjenige davon?" Die beiden Kommissare standen lange vor der Wand.

„So. Was haben wir noch, Alain?" Christine nahm sich einen Stift in die Hand. Sie schrieb den Namen Etienne Richard mit einem Fragezeichen hin, dann Hugo Michel, den Kommissar aus Nantes. „Christine, meinst Du wirklich, dass er zu den Verdächtigen zählt?"

„Hat Claire nicht gesagt, dass er ihr eins reinwürgen will, wegen der Probleme mit seinem Chef? Er hatte sich ihr gegenüber frauenfeindlich geäußert. Das hast Du ja bei der Befragung selbst mitbekommen. Möglich, dass er da auch zu heftigeren Mitteln greift." „Er ist ein Kommissar, Christine. Kommissare machen so etwas nicht." „Wenn er unschuldig ist, wische ich seinen

Namen höchstpersönlich wieder weg, Alain."

Claire war zwischenzeitlich wieder zu Hause angekommen, nachdem sie in der Metrostation einen Typen angefaucht hatte, der ihr ein Kompliment machen wollte. Als sie im Zug saß, tat er ihr ein bisschen leid. Jetzt war sie mit ihren Freundinnen im Wohnzimmer. Sie löcherten sie, wollten alles wissen, was im Präsidium so gelaufen war. Claire berichtete ihnen alles haargenau. Sie ließ nichts aus. „Das hätte ich Dir gar nicht zugetraut, Wonder Woman." Ines war sichtlich stolz auf Claire. Sie lachte laut.

„Morgen werde ich Etienne ein letztes Mal sehen. Mittwoch verlegen sie ihn nach Nantes." „Das geht doch nicht. Das können sie nicht machen. Er ist doch unschuldig." Julie verstand die Welt nicht mehr. „Ich habe vor dem morgigen Tag richtig Angst." „Warum, Claire?" „Ich weiß nicht, ob Etienne mich sehen will, nachdem ich ihn mit meiner Trennung unter Druck gesetzt habe. Was ist, wenn er mich wieder wegschickt?" „Das glaube ich nicht. Er liebt Dich doch, Claire. Und Du ihn auch." versuchte Julie Claire wieder aufzubauen. „Trotzdem. Ich habe für morgen ein mulmiges Gefühl." Claire ließ sich nicht davon abbringen.

Nach diesem anstrengenden Tag fiel Claire todmüde ins Bett. In dieser Nacht schlief sie einen traumlosen Schlaf. An nächsten Morgen frühstückten Claire und ihre Freundinnen und machten sich dann auf den Weg in die Uni. Der Unterricht interessierte Claire heute nicht. Ihre Gedanken waren bei Etienne. Was wäre, wenn er ihr die Trennung übelnähme und sie nicht sehen will. Sie machte sich große Vorwürfe. Um 14:30 Uhr waren Claire, Ines und Julie in der Wohnung. Claire wollte sich noch etwas frischmachen und etwas Schickes anziehen.

Kurz nach drei Uhr ging Claire nach unten, um rechtzeitig im Gefängnis zu sein. Draußen stand ein Wagen. Am Steuer saß Christine: „Hallo Claire. Steigen Sie ein. Ich fahre sie hin." „Hallo Christine. Danke." Claire setzte sich auf den Beifahrersitz und schnallte sich an.

„Claire. Ich muss ihnen etwas sagen. Etwas sehr

wichtiges." „Bitte keine Hiobsbotschaften, Christine. Das verkrafte ich nicht mehr." „Nein. Ich muss ihnen etwas sehr Schönes mitteilen. Sie besuchen Etienne nicht nur - Sie können ihn aus dem Gefängnis abholen. Er wird heute freigelassen." „W ... Was ...? Sagen Sie das nochmal." Claire verstand die Welt nicht mehr. „Warum auf einmal?" „Es haben sich gestern noch einige Dinge ergeben. Kommissar Robert und ich sind nochmal alle Beweise durchgegangen. Ihre Standpauke hat Kommissar Robert wachgerüttelt. Auf mich wollte er ja nicht hören. Außerdem haben wir die echten Obduktionsergebnisse anonym per Mail zugespielt bekommen. Diese haben wir dann nochmal mit Nantes abgeglichen. Etienne ist unschuldig. Sie hatten mit allem Recht, Claire."

Claires Adern füllten sich mit Glückshormon und Freudentränen rannen ihr über die Wangen. Sie fuhren ins Gefängnis und holten Etienne ab. Er würde wieder freikommen.

Da die Fahrt bis zum Gefängnis etwas mehr als 20 Minuten dauerte, holte Claire ihr Handy aus der

Tasche und öffnete den Tor-Browser für das Darknet. Sie legte eine Datei mit folgendem Text an die mit Charlie vereinbarte Adresse ab: *‚O. kommt frei - Heute - durch Obduktionsberichte.‘* Nach einer Minute war die Datei verschwunden. Zwei Minuten später wurde eine neue Datei dort abgelegt. Der Inhalt lautete: *‚Ich weiß - C.‘* Claire löschte die Datei. Woher wusste Charlie davon? Hatte etwa Pentabyte die Obduktionsberichte der Polizei in Paris zugespielt?

„Wer hat Ihnen die Berichte geschickt, Christine?“ „Keine Ahnung. Wir konnte die Mailadresse nicht zurückverfolgen. Deshalb haben wir ja in Nantes nachgefragt. Die Dokumente waren echt und ihr Freund somit unschuldig. Der Haftrichter hat Etienne dann von allen Vorwürfen freigesprochen und ihn zu heute entlassen.“

Claire konnte es immer noch nicht fassen. Etienne kam wieder frei. Aber - was wäre, wenn er sie nicht mehr wiedersehen wolle? Egal. Sie freute sich jedenfalls für ihn.

KAPITEL 7
Etienne

Je näher sie dem Staatsgefängnis kamen, desto aufgeregter wurde Claire. Was sollte sie ihm sagen, wenn sie sich gegenüberstanden?

Als sie in die Straße zum Gefängnis einbogen, sahen sie eine Straßensperre. Christine fuhr bis an den Zaun heran, öffnete das Fenster und zeigte dem Beamten ihren Dienstausweis. Dann konnte sie bis zum Platz vor dem Gefängnis vorfahren. „Sie bleiben im Wagen, Claire. Ich gehe zum Einsatzleiter und frage was los ist."

Kommissarin Bernard verließ das Auto und ging geradewegs auf den Wagen der Einsatzleitung zu. Sie klopfte und stieg ein. Claire war zu aufgeregt. Also öffnete sie die Tür des Wagens, stieg aus und lehnte sich an den Kotflügel. Claire dachte über Etienne nach. Wie er wohl auf sie reagierte.

Es wurde windig und fing leicht zu regnen an. Sie

wollte wieder ins Auto steigen. Die Tür war verschlossen. Auch die Fahrertür ging nicht auf. Was sollte sie jetzt machen, um nicht nass zu werden? Der einzige trockene Ort war der Einsatzwagen. Claire lief schnell zum Wagen und klopfte an die Tür. „Was wollen Sie?“ fragte der Einsatzleiter. „Sie gehört zu mir.“ antwortete Christine. Der Beamte winke Claire herein.

Kommissarin Bernard stellte Claire den anwesenden Beamten vor. Claire sah sich im Wagen um: „Was ist denn passiert.“ Der Einsatzleiter berichtete über den Vorfall im Staatsgefängnis: „Vor einer Stunde haben wir den Einsatz reinbekommen. Mehrere Insassen haben Geiseln genommen, drei JVA-Beamte. Wir werden da gleich reingehen, den ganzen Laden umkrempeln und die Geiseln befreien.“

„Und warum wollen Sie da rein, Mademoiselle?“ fragte der Einsatzleiter Claire. „Ich will meinen Freund abholen. Er wird heute entlassen.“ „Was hat er denn verbrochen?“ „Nichts. Er saß unschuldig im Gefängnis.“ „Da muss sich ihr Freund noch etwas gedulden. Aber das wird er sicherlich gut verkraften, wenn er weiß, wer auf ihn wartet." Er musterte Claire, die ein schickes Kleid und hohe Schuhe anhatte, von oben bis unten. Claire fühlte sich sehr unwohl dabei. „Wie sieht ihr Freund denn aus? Nicht dass wir ihn am Ende für einen der Geiselnehmer halten." „Claire nahm ihr Handy und zeigte dem Einsatzleiter ein Foto von Etienne. „Können Sie das Foto an diese Nummer schicken. Dann verteile ich das an die Kollegen, die gleich das Gefängnis stürmen. Nicht das er uns noch vor die Waffe springt." Der Einsatzleiter wollte lustig sein, aber Claire war nicht nach Lachen zu Mute. Sie hatte Angst. Angst um Etienne. Er stand kurz vor der Entlassung und jetzt das? Was wäre, wenn ihm etwas passierte? Claire wollte sich das lieber nicht ausmalen.

„So meine Damen, sie müssen jetzt den Wagen verlassen. Wir haben zu tun." Der Einsatzleiter wies mit der Hand zur Tür. „Status: Rot Eins?" „Bereit." „Rot Zwei?" „Bereit." „Rot Drei?" „Bereit." Der Einsatzleiter schaute auf die Uhr: „Zugriff!"

Christine und Claire gingen derweil wieder zum

Wagen. Claire machte ihrer Angst Luft. „Das kann doch nicht wahr sein. Etienne wird von aller Schuld freigesprochen und kann wieder in die Freiheit zurück und dann das! Ich habe Angst Christine - Angst um Etienne.“ „Ich kann Sie verstehen, Claire. Aber schauen Sie mal, wenn Etienne in seiner Zelle ist, dann wird ihm nichts passieren. Dann wird er halt später entlassen, vielleicht morgen. Sie brauchen sich keine Sorgen zu machen, Claire.“ „Wie lange wird so ein Einsatz dauern, Christine?“ „Schwer zu sagen. Die gehen mit drei Trupps rein, ich schätze mal so ein bis zwei Stunden. Wollen wir warten, Claire?“ „Wenn sie Zeit haben, Christine?“

Die beiden Frauen warteten. Nach etwa 30 Minuten hörten sie einen Hubschrauber ganz laut über sich. Es war ein Rettungshubschrauber. Dieser landete im Gefängnishof. Claire hatte einen Kloss im Hals. Beide Frauen gingen wieder zum Einsatzleiter. „Was ist passiert? Was macht der Helikopter hier?“ Christine löcherte den Beamten. „Ein Insasse wurde mit einem Messer verletzt und wird jetzt ausgeflogen.“ Das Telefon des Einsatzleiters machte sich bemerkbar. Er schaute auf sein Handy und sagte: „Scheiße!" „Was ist?" wollte Claire wissen. Er hielt ihr das Handy hin. Auf der Trage lag - Etienne.

Claire stand da mit weit aufgerissenen Augen. „Nein! Nein! Nicht Etienne!" „W-a-s?" Christine konnte es nicht fassen: "Wo bringen sie ihn hin?" „Ins städtische Klinikum." „Los, Claire. Wir fahren."

Christine und Claire rannten zum Wagen und fuhren mit Blaulicht und Martinshorn durch die Stadt zum Krankenhaus. Claire gingen viele Dinge durch den Kopf. Sie hoffte, dass Etienne nicht schwer verletzt war. Sie brauchten durch den Verkehr auf den Straßen etwa fünfundzwanzig Minuten zum Klinikum, der Helikopter nur drei Minuten.

Als sie am Krankenhaus ankamen, liefen sie durch die Notaufnahme und suchten einen Arzt. „Können Sie mir sagen, was mit Etienne Richard ist?" fragte Claire. „Sind sie eine Angehörige?" „Er - er ist mein Freund." „Dann darf ich ihnen leider keine Auskunft geben." erwiderte der Arzt. Christine hielt ihm ihren Dienstausweis vor die Nase: „Monsieur Richard wurde gerade vom Gefängnis hierher eingeliefert. Wie geht es ihm?" „Er ist gerade im OP. Gehen sie in die zweite Etage, Stadion G 4. Fragen Sie dort. Die Kollegen können Sie über seinen Zustand aufklären."

Oben angekommen, fragte Christine eine Schwester: „Wir wollen zu Etienne Richard. Wie geht es ihm?" „Er ist noch im OP. Da müssen sie den Arzt fragen, der ihn operiert. Gehen sie bitte den Flur lang. Dort hinten ist der OP-Bereich. Setzen sie sich in das Wartezimmer."

Die Zeit rann Claire durch die Finger. Christine holte für sie beide einen Kaffee und setzte sich wieder schweigend zu Claire. „Sie haben sich im Einsatzwagen unwohl gefühlt, Claire. Was war los?" „Der Einsatzleiter hat da einen Spruch gemacht, den ich nicht mochte." „Welchen denn?" „Na ja - dass Etienne die Verzögerung gut verkraftet, weil er weiß, wer auf ihn wartet. Und dann hat er mich von oben bis unten gemustert." „Das hat er bestimmt als Kompliment gemeint.

Ich kenne ihn, er ist in Ordnung." „Mag ja sein, aber sein Blick - als wollte er mich damit ausziehen." „Über Komplimente freut sich doch jede Frau." „Ja, schon. Wenn sie vom Richtigen kommen. Bei Fremden fühle ich mich damit nicht wohl."

Nach etwa zwei langen Stunden kam der Arzt aus dem OP. Claire und Christine sprangen von ihren Stühlen hoch und rannten zu ihm rüber. „Wer von ihnen ist Claire?" „Ich" sagte Claire. „Wie geht es ihm?" „Die OP ist gut verlaufen. Wir konnte die Blutung stillen. Aber er hat viel Blut verloren. Wir haben ihn daher in ein künstliches Koma versetzt." „Ist es so schlimm?" „Das werden die nächsten 48 Stunden zeigen." erklärte der Arzt.

„Ich soll ihnen noch etwas ausrichten, Claire" sagte der Arzt zu ihr. „Bevor wir ihn in die Narkose gelegt haben, konnte er mir noch sagen, dass er sie liebt, Claire." Claire schloss die Augen. Tränen rannen ihr über das Gesicht. „Kann ich ihn sehen?" „Kommen Sie bitte mit." Claire folgte dem Arzt. Christine rief ihr hinterher, dass sie ihren beiden Freundinnen Bescheid gibt, damit sie wissen, warum Claire so lange weg war.

Auf der Intensivstation musste sich Claire einen blauen Kittel, Mundschutz und Gummi-Handschuhe anziehen. Erst dann durfte sie zu Etienne ins Zimmer. Dort lag er im Bett. Er wurde beatmet. Etliche Geräte blinkten und piepsten. Etienne lag da, als würde er schlafen. Claire nahm sich einen Stuhl und setzte sich zu ihm ans Bett. Sie nahm seine Hand und legte sie in ihre. Sie weinte leise. Claire wusste nicht, wie lange sie an seinem Bett gesessen hat, sie hatte kein Zeitgefühl mehr. Eine Schwester kam zu ihr und sagte: „Sie sollten jetzt nach Hause gehen. Im Moment können Sie hier nichts machen. Lassen Sie uns ihre Handynummer da, dann können wir Sie anrufen, wenn sich etwas ändert.“ Claire nickte und beugte sich zu Etienne herüber. Sie gab ihm einen Kuss auf die Stirn: „Ich liebe Dich, Etienne. Bitte werde wieder gesund. Ich kann ohne Dich nicht sein.“

Vor dem Zimmer zog sie den Kittel aus und warf diesen in eine Box. Als sie die Intensivstation durch die Tür verlassen hatte und in den

Wartebereich kam, sah sie Ines und Julie. Die beiden kamen auf sie zu. Ines bemerkte Claires verweinte Augen: „Was ist? Ist er …?“ „Nein. Er lebt. Die nächsten 48 Stunden müssen wir abwarten.“ „Gott sei Dank!“ Julie und Ines wirkten erleichtert.

Die drei fuhren nach Hause. Sie setzten sich ins Wohnzimmer. Claire musste ihren Freundinnen alles ganz genau berichten. Wie sie am Gefängnis ankamen und mit dem Einsatzleiter gesprochen haben. Als dann der Rettungshubschrauber gelandet war und Claire so ein ungutes Gefühl hatte. Und wie sie und Christine zum Klinikum gerast waren. Und zum Schluss, als sie bei Etienne am Bett gesessen hatte. Claire konnte den ganzen Tag noch nicht richtig einordnen. Als sie am Nachmittag von Christine abgeholt wurde und erfahren hatte, dass Etienne freikommen würde, war sie richtig glücklich. Am Gefängnis hatte sie dann einen Kloss im Hals. Als sie Etienne dann auf der Trage gesehen hatte, hätte sie vor Schmerz laut losschreien können.

Ihre Freundinnen trösteten Claire. Sie war froh,

dass sie all das nicht alleine durchstehen musste. „Schön, dass es Euch gibt." Sie umarmte die beiden und gab ihnen einen Kuss auf die Wange. „Es war ein langer Tag. Ich bin müde und muss ins Bett. Gute Nacht Ihr beiden." „Gute Nacht, Claire." Claire schlief diese Nacht sehr unruhig und schreckte des Öfteren aus dem Schlaf hoch.

Am nächsten Morgen klingelte Claires Handy. Am anderen Ende war Kommissarin Christine Bernard. „Hallo Claire. Wie geht es ihrem Freund?" „Es geht ihm noch unverändert." „Können wir uns heute treffen, Claire? Wir wissen jetzt, was im Gefängnis passiert ist." „Okay. Und was ist dort geschehen, Christine?" „Das möchte ich nicht am Telefon besprechen. Wann haben Sie Zeit?" „Heute bin ich bis 14.00 Uhr in Vorlesungen. So gegen 14.30 Uhr besuche ich Etienne im Krankenhaus. Soll ich danach zu Ihnen ins Präsidium kommen?" „Nein. Ich komme um 15.30 Uhr ins Krankenhaus. Ist das für Sie in Ordnung, Claire?" „Ja, okay."

Christine Bernard beendete das Telefonat. Was wollte ihr die Kommissarin erzählen? Was war im Gefängnis geschehen? Unruhe stieg in Claire hoch. Sie hoffte inständig, dass nicht noch mehr Hiobsbotschaften auf Etienne einprasselten. Er hatte schon genug mitgemacht. Und auch sie konnte nicht noch mehr schlechte Nachrichten vertragen.

Aber was war es, was die Kommissarin ihr mitteilen wollte? In den Vorlesungen konnte Claire keinen klaren Gedanken fassen. Wobei gerade diese beiden Vorlesungen für die nächsten Klausuren wichtig waren. Sie musste, wohl oder übel, bis zum Nachmittag warten. Erst dann würde sie erfahren, was passiert war.

Je näher der Nachmittag kam, desto aufgeregter wurde Claire. Als sie im Krankenhaus über den Flur zu Etiennes Zimmer ging, saß dort vor der Tür ein Polizeibeamter. Claires Herz schlug ihr bis zum Hals. Er fragte sie nach ihrem Ausweis. Nachdem er sie ausgiebig gemustert hatte, konnte Claire endlich zu Etienne. Am Krankenbett ließ sie sich aber nichts anmerken. Sie zermarterte sich den Kopf. Warum sitzt ein Polizist vor der Tür? Was war im Gefängnis geschehen?

Christine Bernard war pünktlich. Normalerweise mochte Claire diese Charaktereigenschaft. In diesem Fall hätte sie aber nichts dagegen gehabt, wenn die Kommissarin später gekommen wäre.

Claire ging auf den Flur hinaus. „Hallo Christine." „Hallo Claire. Wie geht's ihrem Freund?" Sie deutete mit dem Kopf in Richtung Etienne. „Nicht gut. Er liegt immer noch im Koma. Die Ärzte sagen, wir müssen weiter abwarten."

Dann standen sich die beiden Frauen gegenüber und schauten sich in die Augen. Christine wusste, was sie gleich sagen würde. Claire hatte noch keine Ahnung, fühlte sich unsicher und senkte den Blick. Solche Situationen mochte sie überhaupt nicht. Ihr war es lieber, sie hätte alles unter Kontrolle.

Claire beendete diese für sie schmerzhafte Stille. „Warum sitzt einer ihrer Kollegen vor dem Zimmer? Ist Etienne Täter oder Opfer?" „Claire. Hat Etienne Feinde? Können Sie sich vorstellen, dass ihn jemand umbringen wollte?" „Was sagen

Sie da? Etienne sollte ermordet werden? Dann … dann ist der Polizist zu seinem Schutz da?“ „Ja, Claire. Er hat nichts verbrochen. Keine Panik.“ Claire war etwas erleichtert, wenn man das in dieser Situation sein konnte. „Was ist im Gefängnis vorgefallen, Christine?“

„Etienne wurde während der Revolte von einem Häftling gezielt mit einem selbst gebastelten Messer verletzt. Wir konnten das auf den Überwachungsvideos sehen. Einer der Insassen hat sich Etienne von hinten genähert, um ihn dann mit dem Messer in den Bauch zu stechen.“ „Wieso? Ich verstehe das nicht.“ Claire war fassungslos.

„Können Sie sich vorstellen, dass jemand Etienne nach dem Leben trachtet?“ „Wie kommen Sie darauf, Christine?“ „Der Täter hat nicht von sich aus gehandelt. Ein Mithäftling hatte ein Bild von Etienne an den Täter weitergegeben und ihn massiv unter Druck gesetzt, um die Tat durchzuführen. Man hatte ihm gedroht, seiner Tochter etwas sehr Schlimmes anzutun.“

Claire dachte über Etienne nach. Er war kein einfacher Student. Bei genauem Hinsehen war er ein Hacker. Ein verdammt guter - aber gerade das machte ihn für andere gefährlich. Zum Beispiel für die Firmen, in deren Netze er eingedrungen war und deren Informationen er und seine Freunde entwendet hatten. Ist möglicherweise eine Firma auf Pentabyte und damit auf ihn aufmerksam geworden? Wussten die, dass er im Gefängnis war? Und hatte diese Firma dann auch noch die kriminelle Energie, ihn aus dem Weg zu räumen? Was wiegt schwerer, gestohlene Daten oder ein Mord?

Oder war es vielleicht einer seiner Freunde von Pentabyte? Jemand, der ihm seinen Erfolg neidete? Aber wer sollte das sein? Claire überlegte, wer von den vier Freunden zu so etwas fähig war. Yoda und Tron waren nicht die Typen, die gewalttätig waren. Bei Warhammer konnte sie sich eine gewisse Aggressivität durchaus vorstellen. Allein seine Statur konnte jemanden, der ihn nicht kannte, Angst machen, Nein. Nein. Die drei wollte sie ausschließen. Bei

Charlie war sie sich nicht so sicher. Diese Frau ist echt schräg drauf. Als sie Claire die Pistole an den Kopf gehalten hatte, da hatte sie Todesangst. Ihr könnte sie so etwas durchaus zutrauen. Aber - nein. Warum sollte sie Etienne nach dem Leben trachten. Keiner der Freunde von Etienne macht sowas.

„Nein. Ich wüsste nicht wer ihm etwas antun wollte. Er hat keine dunkle Vergangenheit. Ich kann mir nur vorstellen, dass das Attentat auf Etienne mir galt. Vielleicht will mir das Phantom schaden, mir das Liebste nehmen, was ich habe." Der Gedanke, dass jemand Etienne so etwas antut, nur um ihr zu schaden, drehte Claire den Magen um.

„Konnten Sie den Verbrecher verhören. Der müsste Ihnen doch sagen können, wer ihm das Bild gegeben hat, Christine?" „Nein, der wurde vom Einsatzkommando bei der Stürmung des Gefängnisses erschossen." „Dann werden wir nie erfahren, wer der Auftraggeber war?" „Nein, Claire. Deswegen sitzt auch der Beamte vor Etiennes Zimmer. Sie beide müssen sehr vorsichtig sein.“ Die Kommissarin verabschiedete sich. Claire blieb mit einem miesen Bauchgefühl zurück.

Auch die nächsten beiden Tage war Claire vormittags in der Uni und nachmittags bei Etienne in der Klinik. Sie wachte an seinem Bett, hielt seine Hand, streichelte ihm über das Gesicht und erzählte ihm vom Tag. Am Donnerstag sprach der behandelnde Arzt mit Claire: „Morgen werden wir die Medikamente bei ihrem Freund langsam absetzen und das künstliche Koma beenden.“ „Dann wird er morgen aufwachen und ich kann mit ihm sprechen?“ „So schnell geht das nicht, Mademoiselle Moreau. Das wird bestimmt einige Tage dauern, bis er wieder aufwacht. Ich denke mal, dass er nicht vor dem Wochenende wach wird.“

Wenn es doch nur endlich soweit wäre, dass sie wieder mit Etienne sprechen konnte. Sie wollte ihn wegen der Trennung um Verzeihung bitten. Das hatte sie doch nur getan, um ihn umzustimmen. Er sollte der Polizei sagen, dass er in Nantes seine Freunde besucht hatte.

Claire fieberte dem Freitag entgegen. Vielleicht hatte der Arzt sich getäuscht und Etienne wird doch gleich wach. Das wünschte sie sich für ihn.

Als Claire im Klinikum vor der Intensivstation aus dem Fahrstuhl kam, huschte jemand schnell an ihr vorbei. Dieser Jemand trug die Kapuze des Hoodies über dem Kopf. Sie sah aber deutlich, dass dieser Jemand kurze blonde Haare hatte. Die Figur und Größe passten auch. „Charlie?" Doch die Person war bereits im Treppenhaus verschwunden. Claire lief noch hinterher, doch sie konnte niemanden mehr sehen. War das wirklich Charlie, die sie da gerade gesehen hatte?

Leider hatte der Arzt doch Recht gehabt - Etienne wurde nicht sofort wach. Claire war enttäuscht. Die Schwester sagte ihr, dass man mit Koma-Patienten Geduld haben muss, dass sie ihre Umgebung spüren und hören können, wer anwesend ist und was gesprochen wird. Claire solle ihm all die schönen Dinge erzählen, die sie erlebt haben. Als die Schwester wieder gegangen war, sprach Claire mit Ihrem Freund über die schönen Dinge, die sie erlebt hatten.

Nachdem die Besuchszeit zu Ende war, gab Claire Etienne einen Kuss auf die Stirn und sprach: „Ich liebe Dich, Etienne.“ „Das sagt ihm die andere Frau auch immer.“ verriet sich die Schwester, die gerade ins Zimmer gekommen war. „Welche andere Frau? Eine mit kurzen blonden Haaren?“ „Jjaa. Bitte verraten Sie mich nicht. Das dürfte ich Ihnen gar nicht sagen - Datenschutz. Ich bekomme da mächtig Ärger.“ flehte die Krankenschwester Claire an. „Nein. Ist schon gut. Wie lange war sie denn hier?“ „So etwa eine halbe Stunde. Sie müssen sich draußen über den Weg gelaufen sein. Sie ist raus und sie kamen rein.“ „War sie heute das erste Mal hier?“ „Nein, sie kommt seit Mittwoch - jeden Tag um die gleiche Zeit. Immer bis etwa 14:30 Uhr.“

Claire überlegte. Charlie war hier und besuchte Etienne. Und wie hatte sie es geschafft, an dem Polizisten vorbeizukommen. Charlie wusste genau, dass Claires Vorlesungen immer bis 14:00 Uhr gingen und sie bis in die Klinik etwa 30 Minuten brauchte. Sie hatte Charlie in Nantes gefragt, ob sie und Etienne ein Paar waren.

Charlie hatte gesagt, dass sie mehr auf Frauen steht. Nein - das hatten die anderen gesagt. Charlie hielt sich da bedeckt. Was geht hier vor? Sind Charlie und Etienne immer noch ein Paar? Spielt Etienne ein doppeltes Spiel mit Claire?

Am nächsten Tag legte sich Claire vor der Klinik auf die Lauer. Da passte es sich gut, dass sie am Samstag nicht in die Uni musste. Kurz vor 14 Uhr sah sie eine Gestalt in Richtung Klinik gehen. Von der Figur her konnte das Charlie sein. Die Kapuze des Hoodies war wieder über den Kopf gezogen. Claire musste aufpassen, dass sie nicht gesehen wurde. Sie folgte der Person in gebührendem Abstand und wartete bis kurz vor halb drei Uhr draußen im Wartebereich. Dann ging sie zur Station hinein und öffnete leise die Zimmertür. Da stand Charlie an Etiennes Bett und küsste ihn auf die Stirn und sagte: „Ich liebe Dich, Etienne." Genauso wie Claire es auch immer machte.

Charlie drehte sich um und bemerkte dabei Claire. „Was machst Du hier, Charlie?" „Hallo Claire. Ich besuche Etienne. Ist das verboten?" „Nein, aber ..." Charlie war schon aus dem

Zimmer raus und auf dem Weg ins Treppenhaus. Claire wusste nicht, was sie davon halten sollte.

Die nächsten Tage war Charlie nicht mehr zu Besuch bei Etienne. Am Mittwochnachmittag - Claire war gerade 10 Minuten bei ihm, öffnete er seine Augen. „Hallo mein Schatz." Claire schaute ihn glücklich an. „Claire." Etienne war noch sehr schwach. „Wo bin ich?" „In der Klinik. Ich hole den Arzt." Claire ging aus dem Zimmer, sprach mit einer Schwester und kam wieder zurück. „Der Arzt kommt gleich. Wie geht es Dir?" „Ich fühle mich noch sehr schwach. Was für ein Tag ist heute?" „Mittwoch. Du bist seit letzter Woche Dienstag hier im Krankenhaus." „Ich weiß gar nicht was passiert ist." „Du bist an Deinem Entlassungstag von einem anderen Häftling mit einem Messer verletzt worden."

Der Arzt kam zu ihnen. Claire musste für die Untersuchung das Zimmer verlassen. Nach 10 Minuten konnte sie wieder zu Etienne. „Der Arzt hat gesagt, dass ich ab heute auf die Normalstation kann. Ich muss noch eine Woche bleiben, dann kann ich, wenn die Wunde gut verheilt ist, nach Hause."

Claire überlegte, ob sie das mit Charlie sagen sollte. Sie war sich da unsicher, wie Etienne darauf reagierte. Aber an seiner Reaktion könnte sie dann feststellen, wie es um ihre Freundschaft steht. „Charlie war hier und hat Dich besucht." „Ja? Echt?" Etiennes Augen strahlten. Claire bereute augenblicklich das soeben gesagte. Die Schwester kam rein: „Die Besuchszeit ist zu Ende." Claire gab Etienne einen Kuss, diesmal auf seinen Mund: „Mach's gut. Ich liebe Dich, Etienne." „Ich liebe Dich auch, Claire." Er streichelte über ihre Wange. „Bis morgen."

Claire verließ das Zimmer und ging in den Wartebereich. Dort musste sie sich erst einmal setzen. Meinte Etienne das ernst, dass er sie liebte oder hatte er sie angelogen. Sie hatte bemerkt, dass seine Augen richtig geleuchtet haben, als Sie Charlie erwähnt hatte. Claire hatte Tränen in den Augen. Sollte sie ihn an Charlie verloren haben? Spielten Etienne und Charlie ihr etwas vor?

Nachdenklich fuhr sie mit der Metro nach Hause. Sie sah den jungen Mann, der ihr letztes Mal ein Kompliment machen wollte, gegenübersitzen. Sie hatte ihn damals richtig angeschnauzt, nachdem sie sich im Präsidium bei Kommissar Robert *'aus der Hose geschraubt'* hatte. Er schaute verlegen zu Boden. Dann sprach er Claire an: „Tut mir leid. Das wollte ich nicht. Ist nicht meine Art." „Ist schon gut." sagte Claire und lächelte ihn an: „Letzte Woche Montag war einfach nicht mein Tag. Verzeihung." „Wollen wir mal was trinken gehen?" versuchte es der junge Mann bei Claire. „Nein, das ist keine gute Idee. Das würde mein Freund nicht wollen." wich Claire aus. „Schade, dass alle tollen Frauen vergeben sind."

Claires Station kam und sie stieg aus. Irgendwie war er ja ganz nett. Vielleicht hatten Julie und Ines ja recht, dass ihr die Herzen der Männer - und auch einiger Frauen - einfach so zuflogen. Claire musste unweigerlich lächeln.

Zu Hause warteten Ines und Julie auf die neuesten Informationen über Etienne. Claire hatte den beiden noch nicht erzählt, dass Charlie bei ihm war. Das wollte sie jetzt nachholen. Sie berichtete, dass Etienne heute aufgewacht ist. Das Charlie ihn mehrfach besucht hatte und dass die Krankenschwester gehört hatte, dass Charlie Etienne auch liebt. „Was? Die spinnt wohl. Die soll Etienne in Ruhe lassen!“ Ines war richtig aufgebracht: „Wir nehmen gerade Obduktion durch - die soll nur kommen!“ „Lass mal gut sein, Ines. Ich regle das schon mit Etienne und Charlie.“ „Und wenn Etienne sich für Charlie entscheidet?“ fragte jetzt Julie neugierig. „Dann - dann weiß ich wenigstens, woran ich bin.“ Claire war mit sich im Reinen.

Am nächsten Mittwoch ging Claire nicht in die Uni. Sie wollte Etienne aus dem Krankenhaus abholen. Sie ging auf die Station, in die Etienne nach seinem Aufwachen verlegt wurde, klopfte an die Tür und ging hinein. Sie erstarrte augenblicklich. Etienne und Charlie lagen sich in den Armen. Claire drehte sich um und ging aus dem Zimmer auf den Gang hinaus.

Sie hatte also verloren. Etienne hatte sich für Charlie entschieden. Claire wollte schon gehen, da hörte sie Charlies Stimme: „Claire. Warte!" „Warum? Ihr beide macht es mir nicht gerade leicht, zu bleiben. Ich werde Euch beide zukünftig in Ruhe lassen. Du hast gewonnen, Charlie." Claires Augen wurden feucht.

„Was, spinnst Du, Claire? Was ist mit Dir los? Du liebst ihn doch. Und er liebt Dich auch." Charlie war wieder sehr bestimmt. „Du liebst Etienne doch auch, Charlie." „Na klar. Er ist doch mein Bruder!" „Was???" Claire konnte sich nicht mehr auf den Beinen halten und fiel Charlie in die Arme. „Jetzt kann ich Etienne verstehen, warum er in Dich verknallt ist." zwinkerte sie Claire zu. „Wenn Du mal genug von ihm hast, dann melde Dich bei mir, Claire." Charlie hatte wieder diesen heißen Blick aufgesetzt. „Du meinst, wenn ich doch lieber mit einer Frau verbandelt sein möchte?" „Ja. Genau." „Da muss ich Dich enttäuschen, Charlie, wenn ich da mal soweit sein werde, dann - bin ich schon einer anderen Frau versprochen." Claire dachte da an Ines. „Mist - das alle tollen Frauen schon vergeben sind." Claire kam das irgendwie bekannt vor. Sie musste lächeln.

Sie gingen wieder ins Krankenzimmer zu Etienne. Claire ging zu ihm und umarmte ihren Freund. Sie gaben sich einen langen Kuss. Claire war glücklich.

Am Abend waren Etienne und Charlie bei den drei Freundinnen zum Essen eingeladen. Dieses Mal musste Etienne nicht mitkochen. Er wurde von den Frauen bedient. Beim Essen bemerkte Claire die Blicke zwischen Ines und Charlie. Dieses elektrisierende Knistern, das in der Luft lag, kannte Claire nur zu gut. Sie hatte es zuletzt bei sich und Etienne gespürt. Sie war gespannt, ob und wie sich das zwischen Ines und Charlie so entwickelte. Die beiden waren sehr dominant. Aber Claire freute sich für die beiden.

Nach dem Essen verabschiedete sich Charlie von allen. Die Hand von Ines hielt sie besonders lange. Dann sagte sie zu Etienne und Claire: „Ich fahre morgen früh wieder nach Nantes. Machts gut." „Grüß die anderen von uns." sprachen Etienne und Claire fast gleichzeitig. Ines schaute

Charlie schmachtend hinterher.

Etienne übernachtete heute bei Claire. Die beiden hatten einiges nachzuholen.

KAPITEL 8
Claire

Claire war wieder glücklich, seitdem Etienne aus dem Gefängnis und dem Krankenhaus entlassen wurde. Sie hoffte, dass jetzt wieder alles normal werden würde. Dass sie das alles endlich hinter sich lassen konnte. Die Morde in Nantes, der Tod ihrer besten Freundin Penelope, die Morde in Paris und die Verhaftung von Etienne, die zum Glück glimpflich ausgegangen war.

Die Demo hatte ein Umdenken bei den Jungs in der Uni gebracht. Sie behandelten die Mädels zunehmend respektvoller als vorher. Also war ihre Aktion ein voller Erfolg. Da der Fernsehsender die Demo übertragen hatten, wurde spontan auch an anderen Unis demonstriert. So waren die drei Freundinnen als Organisatorinnen der Demo überall im Gespräch.

Die beiden Kommissare Alain Robert und

Christine Bernard kamen eines vormittags in die Uni. Claire stand mit Etienne vor der Mensa. Als Claire die beiden sah, hatte sie gleich wieder Herzklopfen bekommen. Immer wenn die beiden hier auftauchten, gab es eine neue tote junge Frau.

„Hallo Claire." sprach Christine Bernard sie sogleich an. „Hallo Christine. Ist schon wieder etwas passiert?" Claire hatte wieder einen Kloss im Hals. „Nein, nein. Keine Angst." Kommissar Robert baute sich vor den beiden auf und räusperte sich: „Ich muss mich bei ihnen beiden entschuldigen. Ich hatte es nicht für möglich gehalten, dass Sie unschuldig sind, Etienne. Bitte verzeihen Sie mir." „Ist schon gut, Herr Kommissar." Etienne streckte Alain Robert seine Hand hin. Der Kommissar schüttelte diese erleichtert.

„Was hat sie denn umgestimmt?" wollte Etienne wissen. „Diese junge Frau." er zeigte auf Claire: „Sie war sehr hartnäckig und hat mir gehörig den *‚Kopf gewaschen'*. Claire - können Sie sich vorstellen, bei der Polizei anzufangen? Sie haben echt Talent für eine Kriminalistin." „Ich? Nein. Das ist mir viel zu viel Aufregung Monsieur Robert. Außerdem möchte ich es mir mit Ihnen nicht nochmal verscherzen." Claire lächelte den Kommissar an. Er musste laut lachen.

„Dann wünsche ich ihnen, Claire und Etienne, alles Gute. Machen sie's gut." Kommissar Robert verabschiedete sich. Christine reichte beiden die Hand und sprach: „Auf Wiedersehen." „Ich hoffe, wir sehen uns so schnell nicht wieder, Christine." Claire wusste nicht genau, was es war, aber sie hatte da irgendwie ein ganz mieses Gefühl.

Die nächsten vierzehn Tage waren mehr oder weniger Routine. Die Themen in der Uni hielten zu mindestens Julie und Claire mächtig auf Trab. Es galt, für mehrere Klausuren zu lernen. Außerdem hatte Claire eine Hausarbeit zu erledigen, die es in sich hatte. Sie hatten wenig Zeit, um gemeinsam zu kochen oder aber am Wochenende die Clubs der Stadt unsicher zu machen. Nur Etienne war sehr oft an Claires Seite und unterstützte sie, wo er nur konnte.

Claire schien die vergangenen Ereignisse schon fast verdrängt zu haben, da wurde sie eines Abends von Ines‘ Neugier wieder darauf aufmerksam gemacht. Sie saßen zu viert, Ines, Julie, Etienne und Claire, im Wohnzimmer auf der Couch und tranken Weißwein. „Claire, erzähl doch nochmal, was alles passiert war in Nantes.“ platzte es aus Ines heraus.

Claire schloss die Augen: „Muss das jetzt sein, Ines? Ich dachte, ich hätte endlich Ruhe davor.“ „Entschuldige bitte, aber ich möchte es auch verstehen.“

„Okay.“ Claire holte tief Luft und begann zu erzählen: „Kennengelernt hatten Penelope und ich uns damals im Kindergarten. Wir haben immer die gleiche Schule besucht, saßen immer nebeneinander. Seitdem war sie meine beste Freundin. Wir hätten während des Studiums auch bei unseren Eltern wohnen können, aber - Julie - Du weißt ja auch, wie anstrengend sowas sein kann. Unsere Mütter waren von der gemeinsamen Wohnung nicht begeistert, aber unsere Väter haben gesagt, dass wir erwachsen seien und uns *‚den Wind um die Nase wehen‘* lassen sollten. Penelope und ich haben Psychologie studiert. Wir waren im gleichen Semester. Als dann der erste Mord geschah, waren die Uni und unsere Mütter in heller Aufregung. Eine Studentin mit langen blonden Haaren wurde ermordet. Drei Tage später der zweite Mord - ebenfalls an einer Studentin. Auch sie hatte langes blondes Haar. Die Polizei tappte im Dunkeln - sprach von einem Phantom. Das erhöhte die Angst bei den Frauen ungemein. Wir sind nur noch in Gruppen ausgegangen und ließen uns von den Jungs nach Hause bringen.“ Claire machte eine Pause.

„Dann - es war an einem Freitag, ich erinnere mich daran, als wäre es erst gestern geschehen. Penelope und ich waren auf dem Nachhauseweg vom Club. Mein Ex hatte mir vor unserer Wohnung aufgelauert und wollte mich wieder mal umstimmen. Ich hatte Penelope gesagt, sie müsse mir nicht beistehen und könne schon mal in die Wohnung hochgehen. Als ich dann nach einer Viertelstunde endlich meinen Ex losgeworden bin, ging ich gleich nach oben in die Wohnung. Die Wohnungstür stand auf - das war so gar nicht Penelopes Art. Sie hatte hinter sich immer alles abgeschlossen. Ich ging leise hinein. Wollte sie mich ärgern oder erschrecken? Ich schaute mich in den Zimmern um. Zuerst im Bad, dann in der Küche und im Wohnzimmer. Ihre Zimmertür war nur angelehnt. Als ich sie öffnete, wurde ich von einem Mann umgerissen. Ich rappelte mich wieder auf und sah, wie Penelope auf ihrem Bett lag. Sie war halb nackt und aus ihrem Bauch blutete es heftig. Ich schrie das ganze Haus zusammen. Der Nachbar von gegenüber kam in die Wohnung gestürmt. Er rief dann den Notarzt und die Polizei. Ich presste meine Hand auf ihre Wunde und versuchte, dass Penelope ansprechbar blieb. Nach einer gefühlten Ewigkeit kam dann der Notarzt. Meine beste Freundin ist in dieser Nacht in meinen Armen gestorben. Und mit ihr ein Teil meiner Seele. Es war ein großer Fehler, Penelope wegzuschicken. Ich bin schuld, dass sie tot ist. Hätte ich Penelope nicht gesagt, dass sie schon hochgehen könne, wäre sie jetzt noch am Leben."

Claire vergrub ihr Gesicht in ihren Händen und weinte bitterlich. Etienne nahm sie in seine Arme und versuchte sie zu trösten.

Claire brauchte ein paar Minuten, um wieder etwas ruhiger zu werden. Dann atmete sie tief ein und sprach weiter: „Drei junge Frauen, gewürgt, vergewaltigt und dann mit einem Messer am Bauchnabel vorbei mit einem gezielten Stich in die Hauptschlagader umgebracht. Selbst wenn der Notarzt neben dir steht, kann er dich nicht mehr retten." Claire brauchte wieder eine Pause.

„Ich bin danach nicht wieder richtig ins Leben zurückgekommen - war völlig neben der Spur. Ich habe mir psychologische Hilfe geholt. Sonst wäre ich da nicht wieder rausgekommen. Ich habe gemerkt, dass ich etwas ändern muss. Ich konnte dort nicht bleiben, schon gar nicht in der Wohnung. Alles hatte mich an Penelope erinnert. Ich bin erstmal wieder zu meinen Eltern zurück. Das ging mit mir und meiner Mutter aber nicht lange gut. Mein Entschluss stand fest. Ich habe mich hier an der Uni eingeschrieben und hatte Glück. Und dann haben wir uns alle kennengelernt.“ Claire sah ihre Freundinnen und ihren Freund an.

„Als ich dann das erste Mal bei der Pariser Polizei war, habe ich erfahren, dass noch eine weitere Frau im Nantes ermordet wurde, nachdem ich dort weg bin. Und was mir auch noch sehr zu schaffen gemacht hatte, war, dass Du verdächtigt wurdest.“ Claire sah Etienne tief in die Augen. „Den Rest kennt ihr ja.“ beendete sie ihre Erzählungen.

Ines und Julie waren still und schauten ganz betroffen drein. Dann legte Julie ihre Hand auf die von Claire: „Ich hätte das nicht durchgestanden, Claire. Du bist so eine starke Frau.“ „Ich hatte an der Situation ganz schön zu knapsen, Julie. Dann habe ich mir überlegt, was meine Freundin Penelope gemacht hätte. Sie hätte nicht aufgegeben - sie hätte gesagt, jetzt erst recht! Das hatte mich gerettet.“

Die Freunde ließen Claire jetzt in Ruhe und wechselten das Thema. Sie planten das nächste Wochenende. „Im *Magnum* spielt am Freitag eine

Band. Wollen wir hingehen?“ fragte Julie in die Runde. Die Freunde waren sich einig.

Der Freitag war großartig. Die Band, die im *Magnum* spielte, auch. Die vier Freunde amüsierten sich prächtig. Sie trafen noch andere aus der Uni und blieben noch bis nachts um eins. Danach haben die vier noch einen Absacker im *Dandy* getrunken.

Auf dem Nachhauseweg fiel Claire ein schwarzer SUV auf, der auf der anderen Straßenseite vor ihrer Wohnung parkte. Claire ging zielstrebig auf den Wagen zu. Als der Fahrer bemerkte, dass Claire näherkam, gab er Gas und verschwand in der nächsten Straße. „Was ist?“ fragte Etienne. „Den Wagen habe ich schon mal gesehen. Ich wäre von ihm fast schon einmal überfahren worden. Konntet ihr das Nummernschild lesen?“ Die Freunde schüttelten ihre Köpfe. Ines waren aber die vielen Aufkleber am Heck aufgefallen: „Waren das Sticker aus Nantes?“ „Ja. Das war der Fahrer mit dem Wagen, der mich überfahren wollte. Ich bin mir da sicher.“ Und da war es wieder - Claires ungutes Gefühl. Sie gingen nach oben. Etienne machte sich große Sorgen um seine Freundin.

Am Samstag hatte sich Claire mit Etienne in seiner Wohnung verabredet, um ein wenig ungestört zu sein. Ines und Julie wollten es sich zu Hause gemütlich machen. Claire verabschiedete sich von den beiden und ging nach unten. Sie war schon einige Minuten zu Fuß unterwegs, da sah sie wieder den schwarzen SUV von gestern. Er fuhr an ihr vorbei in Richtung Wohnung. Claire hatte wieder den Kloss im Hals. Sie nahm ihr Handy in die Hand und rief Etienne an: „Etienne. Der schwarze SUV ist wieder da. Der mit den Stickern der Stadt Nantes. Gerade an mir vorbei in Richtung Wohnung gefahren. Mir ist jetzt auch wieder eingefallen, wer die Frau aus dem Zug war. Es ist die Ehefrau des Kommissars aus Nantes. Ich habe sie dort auf einem Bild gesehen. Es stand auf seinem Schreibtisch. Seine Frau hat sich in Paris in eine junge blonde Frau verliebt. Blonde Frauen. Paris. Das ist die Verbindung. Ich muss sofort zurück. Die beiden warnen.“ Etienne flehte sie an: „Geh nicht zurück.

Ich rufe die Polizei. Bring Dich nicht in Gefahr. Versprich mir das." Claire hörte die letzten Worte von Etienne nicht mehr. Sie hatte das Gespräch schon beendet und versuchte, Ines und Julie zu erreichen. Doch die beiden gingen nicht an ihre Handys.

Sie schaute kurz an sich herunter. Mit diesen Schuhen konnte sie nicht laufen. Sie zog ihre High Heels aus und rannte in Richtung Wohnung los. Nach etwa 8 Minuten kam sie dort an. Der SUV parkte quer auf dem Fußweg. Claire war völlig aus der Puste. Sie musste ein paarmal tief durchatmen. Dann konnte sie die Treppe hochlaufen.

Die Wohnungstür war geschlossen. Leise öffnete sie die Tür und lauschte in die Wohnung hinein - kein Mucks war zu hören. Zuerst ging Claire in die Schlafzimmer und suchte nach ihren Freundinnen. Danach schaute sie in der Küche nach. Sie erschrak. Ines lag hinter der Kochinsel. Sie hatte eine große Platzwunde am Kopf. War sie tot? Claire beugte sich zu ihr herunter und berührte sie. Ines öffnete die Augen und sprach mit schwerer Stimme: „Claire. Er ist da - das Phantom. Er hat - Julie. Im Wohnzimmer. Sei vorsichtig.“

Claire schlich ins Wohnzimmer. Was sie dort sah, verschlug ihr den Atem. Julie lag bäuchlings auf dem Esszimmertisch, die Beine hingen herunter. Das Monster hatte ihr Kleid schon hochgeschoben und fingerte an seiner Jeans herum. Claire nahm den schweren Schürhaken vom Kamin in die Hand und stürmte in den Essbereich. Mit dem Schürhaken schlug Claire dem Phantom heftig auf den Rücken. Dieser stöhnte laut auf und fiel um, wie ein gefällter Baum.

Claire zog Julie vom Tisch und legte sie behutsam auf den dicken Teppich. Sie war noch ansprechbar. „Es ist alles gut, Julie. Es ist vorbei.“ Dann riss Julie ihre Augen weit auf. Das Phantom hatte sich wieder aufgerappelt und riss Claire von Julie weg. Er schlug ihr mit der flachen Hand ins Gesicht. Claire fühlte sich, als ob sie von einem LKW überfahren wurde. Dann warf er sie wie ein Buch durch den Raum.

Claire schlug sehr hart mit dem Rücken auf den Bodenfliesen auf und bekam durch den Aufprall kaum noch Luft. Sie lag jetzt im Eingangsbereich des Wohnzimmers. Der Mann setzte sich auf sie und legte seine linke Hand auf ihren Mund. Mit ihren Knien konnte sie den Mann nicht abwehren, er saß auf ihren Oberschenkeln. Claire dachte noch, jetzt würde sie genauso sterben, wie ihre Freundin Penelope.

Wenn sie schon sterben sollte, dann wollte sie ihrem Mörder in die Augen sehen. War es wirklich der Kommissar aus Nantes? Sie nahm mit letzter Kraft ihre Arme hoch und wollte dem Mann die Sturmhaube runterreißen. Doch dieser wehrte ihre Arme ab. „Claire. Du wirst nie erfahren, wer Dich gleich umbringt. Aber keine Angst. Ich will Dich nicht besitzen. Bei Dir mache ich es ganz schnell." Claire sah mit weit aufgerissenen Augen das Messer, dass der Mann jetzt in seiner rechten Hand hielt. Er senkte es und setzte das Messer links an ihrem Bauch an. Claire biss ihm in die Hand. Er zog sie zurück und schlug ihr ein zweites Mal ins Gesicht.

Dann merkte Claire, wie der kalte Stahl des Messers in ihren Körper eindrang. Sie schrie ein letztes Mal wie am Spieß. Dann schwanden ihre Kräfte. Ihre Arme sanken herunter. Es wurde dunkel und still um Claire.

Sie hörte nicht mehr, dass die Wohnungstür eingetreten wurde, nicht das Geschrei im Flur und nicht den Schuss aus der Dienstwaffe von Christine Bernard.

Die herbei geeilten Sanitäter teilten sich auf. Einer sah zuerst in der Küche nach Ines, dann nach Julie. Zwei andere kümmerten sich um Claire. Der eine fühlte ihren Puls am Hals und schüttelte den Kopf. Er öffnete die Knöpfe an Claires Kleid, legte die Elektroden des EKG's an und begann mit der Herzdruckmassage. „Defi fertigmachen!“ befahl er dem anderen. Dieser öffnete den orangefarbenen Rucksack und holte das Gerät heraus. Noch während der erste Sanitäter die Herzdruckmassage durchführte, klebte er die Elektroden auf Claires Dekolleté und auf den Rippenbogen auf. Er lud das Gerät auf 250 Joule auf: „Fertig! Weg vom Patienten!

Schuss!“ Claires Körper bäumte sich auf. Der Sanitäter fühlte den Puls und schüttelte seinen Kopf: „Nochmal - 300 Joule.“ Er machte weiter mit der Herzdruckmassage. „Fertig aufgeladen! Weg vom Patienten! Schuss!“ Wieder zuckte Claires Körper unter dem Stromschlag. Der Sanitäter fühlte wieder ihren Puls.

„Was ist mir ihr?“ fragte Christine aufgeregt. Die Sanitäter reagierten nicht auf die Frage, legten Claire auf die Trage und brachten sie in den Rettungswagen. Mit Blaulicht und Martinshorn fuhren sie mit Claire in die Klinik.

Die anderen Sanitäter hatten sich in der Zwischenzeit um Julie und Ines gekümmert. Dann kam der Täter an die Reihe. Er lag auf den Fliesen im Wohnzimmer. In seinem Oberkörper steckte die Kugel aus Christines Waffe. Sie nahm ihm die Sturmhaube ab.

Vor ihr lag - Kommissar Hugo Michel aus Nantes. Claire hatte recht. Sie hatte in allem recht gehabt. Christine legte ihm Handschellen an. „Muss das sein?“ fragte der eine Sanitäter, der ihn gerade behandeln wollte. „Ja. Er hat sieben Frauen umgebracht." Christine schluckte, weil sie Claire mitgezählt hatte.

Kommissar Robert half Christine auf die Beine. „Das war ein guter Schuss Christine." „Nein war es nicht. Ich hatte auf seinen Kopf gezielt. Daran muss ich dringend arbeiten." Christine war richtig wütend. Der Täter wurde mit der Trage in den Rettungswagen gebracht. Ein Polizeibeamter begleitete den Transport.

Etienne kam in die Wohnung gestürmt. „Claire! Claire! Wo ist sie?" fragte er Christine. „Sie wird gerade ins Krankenhaus gebracht. „Wie geht es ihr?" wollte er jetzt wissen. „Keine Ahnung." konnte Christine nur traurig erwidern. „Kommen Sie, Etienne. Ich fahre Sie hin."

Sie fuhren mit Blaulicht und Martinshorn durch den dichten Pariser Straßenverkehr zum Klinikum. Diesmal liefen Christine und Etienne nicht den Umweg über die Notaufnahme, sondern den direkten Weg zur Intensivstation. Die erste Schwester, die Etienne sah, sprach er an: „Claire Moreau. Sie wurde gerade eingeliefert. Kann ich sie sehen?“ „Sie ist noch im OP.“ entgegnete die Krankenschwester. Er bohrte weiter: „Wie geht es ihr?“ „Sind Sie ein Angehöriger?“ „Christine Bernard, Kriminalpolizei.“ Sie hielt der Schwester ihren Dienstausweis vors Gesicht. „Ich kann ihnen dazu nichts sagen. Da müssen sie auf die Ärzte warten. Bitte nehmen Sie im Wartebereich Platz.“ Und schon war die Schwester verschwunden.

Etienne setzte sich. Er war ziemlich aufgeregt. Christine holte für beide Kaffee und setzte sich neben ihn. „Was ist denn genau passiert, Christine?“ Die Kommissarin berichtete von den Ereignissen in der Wohnung. Allein das reichte Etienne schon, um noch nervöser zu werden.

Nach etwa zweieinhalb Stunden kamen die Ärzte über den Flur. Christine stellte sich und Etienne vor. „Was ist mit Claire Moreau? Wie geht es ihr?“ Der Arzt machte kein hoffnungsvolles Gesicht. „Sie hat sehr viel Blut verloren, aber sie ist am Leben. Wir haben sie in ein künstliches Koma gelegt.“ „Wird sie wieder gesund?“ fragte Etienne flehend. „Das kann ich nicht sagen. Die Sanitäter mussten sie dreimal wiederbeleben und während der OP stand ihr Leben zweimal auf der Kippe. Das war mehr als knapp. Wir können im Moment nur beten und hoffen." Das Telefon des Arztes machte sich bemerkbar. Er schaute auf das Display: „Notfall. Ich muss." Dann waren Christine und Etienne wieder allein.

Sie gingen auf den Flur der Intensivstation. „Dürfen wir zu Claire Moreau?" fragte Etienne die vorbeieilende Schwester. „Nur einzeln und ziehen Sie sich die Sachen zum Schutz über. Zimmer vier." Etienne schaute die Kommissarin fragend an. „Nun gehen Sie schon zu Ihrer Freundin. Ich muss eh wieder ins Präsidium. Ich drücke Claire die Daumen. Machen Sie's gut, Etienne." Christine Bernard verabschiedete sich und ging mit gesenktem Kopf weg.

Etienne zog sich den Kittel, den Mundschutz und die Gummihandschuhe über und ging ins Zimmer vier. Da lag Claire auf dem Bett mit einigen Kabeln und Schläuchen an diverse Geräte angeschlossen. Die Situation zog ihm den Magen zusammen. So, wie sie dalag - so zerbrechlich. Jetzt konnte Etienne sich vorstellen, wie es Claire gegangen war, als sie ihn hier besucht hatte.

Er nahm sich den Stuhl und setzte sich an ihr Bett. Zuerst wusste er nicht, wie er sich verhalten sollte. Vorsichtig nahm er ihre Hand und streichelte sie. Er erzählte ihr etwas Schönes. Die Krankenschwester von vorhin kam ins Zimmer, überprüfte die Geräte und wechselte die Infusion. „Die Besuchszeit endet gleich. Sie müssen gehen, Monsieur.“ „Okay. Fünf Minuten?“ „Drei.“ erwiderte sie. Dann verschwand sie wieder. Etienne stellte den Stuhl wieder zur Seite. Er verabschiedete sich von Claire - gab ihr einen Kuss auf die Stirn. „Bis morgen. Ich liebe Dich, Claire.“

Etienne verließ die Station und ging nach unten zum Empfang: „Ich möchte Julie Simon und Ines Martinez besuchen.“ „Station G 3, Zimmer 11“ „Danke.“ Er ging zum Fahrstuhl und fuhr in die dritte Etage. An der Tür mit der Nummer 11 klopfte er an. „Herein.“ Er öffnete die Tür. Julie und Ines lagen hier im Zweibettzimmer. Den beiden ging es den Umständen entsprechend gut. Die Platzwunde an Ines Kopf war genäht, die Würgemale an Julies Hals sahen schlimm aus. Julie hatte heftige Schluckbeschwerden.

„Wie geht es Claire?“ fragten Ines und Julie fast gleichzeitig. „Sie liegt auf der Intensivstation. Der Arzt sagt, es sieht nicht gut aus. Sie hat sehr viel Blut verloren und liegt im Koma.“ Etienne war sehr betroffen. Die beiden Frauen fingen an zu weinen. „Kann man sie besuchen, Etienne?“ „Ja. Aber immer nur einzeln, hat die Schwester gesagt.“ „Dann wechseln wir uns tagsüber ab, Julie und ich. Und wenn Du von der Uni kommst, dann kannst Du zu ihr.“ „Ich glaube nicht, dass ich in die Uni kann, wenn Claire hier liegt. Ich kann ja jetzt schon keinen klaren Gedanken fassen.“ Etienne schüttelte den Kopf. „Claire würde es aber nicht wollen, wenn Du die Uni schleifen lässt.“

Die Eltern von Claire kamen am nächsten Tag ins Krankenhaus. Sie sprachen mit dem Arzt. Etienne stand an der Eingangstür des Flurs und wartete. Claires Mutter kam auf ihn zu: „Du musst Etienne sein.“ „Ja, Madame.“ „Das ist ein großer Schock für uns, dass es Claire so schlecht geht.“ Etienne nickte zustimmend. „Darf ich zu ihr, Madame?“ „Ja, wir waren schon bei ihr.“ Etienne verabschiedete sich und ging in Claires Zimmer. Er begrüßte sie mit einem Kuss auf die Stirn. Wenn sie nicht beatmet würde, dann hätte er ihr einen Kuss auf den Mund gegeben. Er setzte sich auf den Stuhl, nahm ihre Hand und erzählte ihr von den Erlebnissen aus der Uni.

Die Tage waren immer gleich. Vormittags waren Julie und Ines bei Claire, am frühen Nachmittag kam ihre Mutter. Ihr Vater musste wieder nach Nantes, um zu arbeiten. Am späten Nachmittag war dann Etienne bei Claire.

Als Etienne am Samstagnachmittag zu seiner Freundin kam, sprach der Arzt mit Claires Mutter. Sie winkte Etienne zu sich herüber. Der Arzt sagte, dass er am Sonntag die Aufwachphase bei Claire einleiten werde. Etienne schöpfte wieder Hoffnung: „Ist Claire dann am Montag wieder wach?“ Der Arzt schüttelte den Kopf: „Es kann sein, dass sie irgendwann wieder aufwacht.

Aber wir müssen davon ausgehen, dass ihr Hirn geschädigt ist." „Aber wieso?" Etienne war erstaunt. „Junger Mann, Mademoiselle Moreau musste fünfmal wiederbelebt werden. Wir wissen nicht, wie stark ihr Hirn durch den Sauerstoffmangel gelitten hat. Mit großer Wahrscheinlichkeit wird sie nie wieder so sein, wie vorher. Wir müssen auf jeden Fall davon ausgehen." Etienne schluckte. Nach dem Gespräch konnte er wieder zu Claire.

Am Sonntag wurde das Medikament für das künstliche Koma abgesetzt. Die Beatmung von Claire wurde weitergeführt. Sie wurde nicht wach. Auch in den Tagen und Wochen danach wurde ihr Zustand nicht besser.

Nach zwei Monaten waren Claires Eltern im Krankenhaus und sprachen mit dem behandelnden Arzt. Als sie Etienne sahen, kamen sie zu ihm. „Etienne. Wir haben heute beschlossen, dass die Geräte morgen abgeschaltet werden. Die Ärzte haben keine Hoffnung, dass Claire jemals wieder aufwacht." „Nein! Das dürfen Sie nicht!" schrie Etienne die beiden an. „Sie wird wieder wach!“ „Etienne. Claire würde das nicht wollen. Sie hatte uns damals, als sie zur Beerdigung ihrer Oma bei uns war, mitgeteilt, dass sie genau das nicht wollte.“ „Nein. Nein.“ Etienne wollte sich damit nicht zufriedengeben. „Etienne, möchtest Du mit dabei sein? Morgen um 16 Uhr stellt die Ärzte die Maschinen ab.“ Er sah Claires Mutter traurig an und nickte stumm.

Nach dem Besuch bei Claire, ging Etienne zu Ines und Julie, die das Krankenhaus schon einige Tage nach dem Überfall wieder verlassen konnten. In der Wohnung musste er sich erstmal setzten. „Habt ihr einen Schnaps für mich?“ „Was ist, Etienne?“ wollte Ines wissen. „Morgen wollen sie Claires Maschinen abschalten.“ „WAS? Das können sie doch nicht machen!“ erboste sich Julie. „Wer will das denn?“ „Claire hatte das wohl damals bei ihren Eltern geäußert, dass sie nicht so am Leben gehalten werden will. Könnt ihr mich morgen begleiten? Sechzehn Uhr.“ „Ja. Wir kommen mit Dir zu Claire.“

Am nächsten Tag waren die drei so gegen 15:30

Uhr bei Claire im Krankenhaus. Kurze Zeit später kamen die Eltern von Claire und der Arzt dazu. Pünktlich um 16 Uhr schaltete der Arzt die Geräte ab und der Beatmungsschlauch wurde entfernt. Die Eltern küssten Claire und verabschiedeten sich von ihr. Auch Ines und Julie verabschiedeten sich von ihr und verließen das Zimmer. Etienne blieb bei Claire. Er hatte Tränen in seinen Augen. „Claire. Bitte bleib bei mir. Du darfst mich nicht verlassen. Ich brauche Dich. Ich liebe Dich, Claire." Er hielt ihre Hand fest. Sein Kopf lag jetzt auf dem Bett. Dann spürte er einen schwachen Druck an seiner Hand. Hatte Claire gerade seine Hand gedrückt? Er drückte ihre Hand und ließ dann wieder locker. Dann spürte er wieder einen leichten Druck von Claire. Das konnte kein Zufall sein. Sie reagierte auf ihn. „Claire. Claire." Er rannte auf den Flur. Die anderen standen dort noch mit dem Arzt und unterhielten sich. „Claire hat sich bewegt. Sie hat meine Hand gedrückt." „Das kann ein Muskelzucken sein." erklärte der Arzt. „Sie hat meine Hand mehrmals gedrückt."

Der Arzt rief eine Schwester zu sich und ging mit schnellen Schritten ins Zimmer zurück. Die anderen wollten hinterher. „Sie bleiben draußen." Er testete bei Claire die Reflexe und Vitalwerte. Nach fünf Minuten kam er wieder raus. „Ihre Gebete wurden erhört. Jetzt muss Claire nur noch wach werden."

Etienne hatte als einziger an Claire geglaubt. Claire machte in den nächsten Wochen enorme Fortschritte. Sie hatte keine bleibenden Schäden durch den Überfall davongetragen. Etienne konnte seine Claire bald wieder in seinen Armen halten. Einzig und allein das Semester konnte sie vergessen. Aber das war ihr nicht wichtig. Sie hatte ihr altes Leben wieder. Das Phantom war gefasst worden. Und das wichtigste, Etienne und sie, hatten sich.

KAPITEL 9
Epilog

Als Claire nach ihrer Genesung wieder zur Uni ging, fühlte es sich an, als ob für sie ihr erstes Semester begann. Sie hatte so ein Kribbeln im Bauch.

Auf dem Uni-Campus wurde sie von allen anderen Studenten begrüßt. „Hallo Claire, wie geht es Dir? Schön, dass Du wieder da bist.“ Claire wurde wie ein Popstar behandelt. Das ging ihr runter wie Öl.

Claire ging dann im Uni-Gebäude auf dem Flur entlang zum Vorlesungssaal. Die Professorin Gabrielle Arnaut verschwand schnell im Saal. Sollte Claire zu spät sein? Ihre Uhr auf dem Handy gab ihr noch 10 Minuten Zeit. Warum ist die Professorin schon so früh in der Vorlesung. Die meisten Profs kamen immer auf den letzten Drücker. Irgendetwas stimmte da nicht.

Sie stand jetzt vor der Tür zum Saal und hielt

inne. Claire atmete noch einmal tief ein und öffnete die Tür. Dann stand sie im Vorlesungssaal. Es war mucksmäuschenstill. Etwa 50 Augenpaare waren jetzt auf Claire gerichtet. Nach und nach standen ihre Kommilitonen auf und spendeten Claire Beifall. Standing Ovation. Claire war sichtlich gerührt. Sie hob ihre Hände und winkte ab: „Hört auf, sonst fange ich noch an zu heulen." Diese Begrüßung hatte sie nicht erwartet.

Auch sonst war alles gut. Etienne hatte Claire einen Wohnungsschlüssel zu seiner Wohnung gegeben. Die beiden waren fast jeden Tag zusammen. In der Uni und auch danach. Entweder übernachten sie bei Claire, aber meistens waren sie in Etiennes Wohnung. Da fühlten sie sie doch ungestörter.

Als sie eines Tages zu Etienne in die Wohnung kam, rief er ihr zu: „Claire, wir haben Besuch." Sie wurde neugierig: „Wer ist es denn?" „Komm zu uns ins Wohnzimmer." Sie ging hinein und traute ihren Augen nicht. Vor ihr standen Charlie, Warhammer, Tron und Yoda. Etienne war gerade in der Küche und kam mit Getränken zurück.

„Was macht ihr denn hier?“ rief Claire erfreut. Warhammer beeilte sich, Claire zu umarmen, aber Charlie war schneller: „Ladies First!“ Dann war Warhammer an der Reihe. „Zerbrich sie mir nicht, sonst drehe ich Dir den Hals um!“ Charlie war wieder sehr bestimmt. Aber der Riese umarmte Claire ganz behutsam. Tron und Yoda nahmen sie gemeinsam in die Arme.

„Wir wollten sehen, wie es Dir geht. Etienne hat uns zwar immer ein Update gegeben aber Dich zu sehen ist doch etwas ganz anderes. Außerdem sind wir geschäftlich hier.“ erklärte Tron.

Charlie ergänzte: „Wir mussten zwischenzeitlich eine Zwangspause machen, waren zwei Monate offline.“ „Warum?“ „Naja, sagen wir mal, wir haben zu tief *‚geschürft‘*. Die Polizei ist auf uns aufmerksam geworden. Da haben wir uns still verhalten und sind in den Untergrund gegangen. Jetzt ist alles wieder ruhig. Die Bullen haben die Ermittlungen eingestellt. Es kann wieder losgehen.“

„Jemanden in unsere Gruppe aufnehmen, wir wollen." meldete sich Yoda. Etienne merkte an: „Ja, aber wir können uns nicht auf einen neuen Namen für die Gruppe einigen." „Warum bleibt ihr nicht bei Pentabyte? Den Namen kennt doch jeder in der Szene." fragte Claire. „Gerade deshalb soll es ein neuer Name sein." sagte Charlie. Claire überlegte kurz: „Ihr seid dann sechs Mitglieder. Dann bleibt doch Eurer Linie treu." „Was meinst Du, Claire?" wollte Tron wissen. „Ja, das ist doch ganz einfach. Mit fünf Mitgliedern habt ihr Euch Pentabyte genannt. Bei sechs Leuten nennt Euch doch Hexabyte." „Ich habe es Euch doch schon immer gesagt, diese Frau ist einfach genial!" Charlie war sich da sicher.

„Also, den Namen haben wir jetzt. Jetzt fehlt nur noch das neue Mitglied." stellte Etienne fest. „Na, da wird sich aber jemand von Deinen Nerds aus der Uni freuen." sagte Claire. „Die Jungs aus der Uni können zwar alle gut programmieren. Aber das können wir auch." erwiderte Etienne. „Nein. Wir brauchen jemand mit besonderen Fähigkeiten. Jemanden der gut kombinieren kann, psychologischen Background und ein fotografisches Gedächtnis hat." Claire schaute fragend in die Runde. Charlie baute sich vor ihr auf: „Kannst Du Dir nicht denken, wen wir meinen?" „Nein. Keine Ahnung!" „Wir meinen Dich, Claire."

„W-a-s? Ihr wollt mich dabeihaben?" „Ja. Du hast all diese Fähigkeiten und bist eine starke Frau." erklärte Charlie. „Nein, Charlie. Ich kann bei Euch nicht mitmachen. Nicht bei Eurem komischen Codex: ‚Die Gemeinschaft zählt mehr als der Einzelne'."

„Okay." Die Fünf stellten sich im Halbkreis vor Claire auf. Warhammer streckte seine rechte Hand in die Mitte des Halbkreises, dann machte es ihm Tron und Yoda nach. Zum Schluss kamen Charlie und Etienne. Gemeinsam sprachen sie: „Einer für Alle. Alle für einen!" Claire schaute erstaunt und legte dann ihre Hand ganz oben auf. „Herzlich Willkommen bei Hexabyte, Claire." Etienne gab seiner Freundin einen Kuss auf die Wange.

Charlie hatte aber noch einen Einwand: „Jetzt brauchst Du nur noch einen Spitznamen, Claire. Wie wäre es mit Diamond?“ Charlie spielte da auf Claires Aussehen ab. „Quatsch!“ Claire winkte ab und überlegte.

„Nennt mich - Elektra.“

Printed in Poland
by Amazon Fulfillment
Poland Sp. z o.o., Wrocław

38492043R00115